營繕師異譚

小野不由美 著
張筱森 譯

目次

出版緣起

恐怖（Horror）是絕佳的娛樂

獨步文化編輯部

人類爲什麼愛讀恐怖小說，愛看恐怖電影？

一手打造二十世紀之後最廣爲人知的恐怖小說世界觀「克蘇魯神話」的美國作家H.P.洛克萊夫特曾經說過：「人類最古老而強烈的情緒，是恐懼；最古老而強烈的恐懼，是對未知的恐懼。」可是在畏懼的同時，我們卻又忍不住要去揣摩想像，那未知的彼端究竟有些什麼在蠢蠢欲動。也因此，人類自古以來，就不停地講述恐怖、描寫恐怖、觀看恐怖，乃至於享受恐怖。就像「百物語」這個耳熟能詳的遊戲，明知講完一百個鬼故事，吹熄一百根蠟燭後，可能會有某種未知的存在到訪，人們仍然熱中於此，樂此不疲。這種害怕並期待著、恐懼並享受著的複雜情緒，不正是恐怖永遠是絕佳娛樂的證明嗎？

許多作家長年以來持續地描寫這股「古老而強烈」並且十分複雜的情緒，成爲了歷久不衰的文學類型，當然在日本也不例外。從歷史悠久的江戶時代怪談，到現在的小說、漫畫，從電影到電玩，各種恐怖（Horror）相關產品不停出現，持續演化，成爲日本大眾文化重要的組成元素，和推理小說並列爲日本大眾文學的台柱。許多台灣讀者熟悉的作家，如：京極夏彥、宮部美幸、小野不由美等等，也都發表過許多精采絕倫、引人入勝的恐怖小說。藉由他們的努力，恐怖小說也不斷進化、蛻變，展現出各種不同的風貌。

將好看的小說介紹給台灣讀者，一直是獨步文化最重要的經營方針。早在創社之初，獨步便有經營日本恐怖小說的計畫。和推理小說同樣有著長遠歷史以及多元發展的日本恐怖小說，所帶來的樂趣完全不遜於推理小說。在數年的努力之下，多采多姿的日本推理小說在台灣獲得許多讀者的喜愛與肯定，我們認爲現在正是邀請台灣讀者來體驗另外一種同樣精采迷人的閱讀樂趣的好時機。

經過縝密的規畫，獨步推出全新的恐怖小說書系——「恠」。引介最當紅的日本恐怖小說家，非讀不可的經典恐怖小說，期望帶給你一種宛如夏夜微風，輕輕拂過頸後的閱讀體驗。

總導讀

你的後面或許有人，那又怎樣呢？

曲辰

且讓我假設你現在是獨自一人坐在房間裡翻看這篇導讀，那麼，我懇求你，暫時放下這本書，閉上眼睛，傾聽你所能聽到的最細微的聲音。

想像一下，那些爬搔聲、撞擊聲、腳步聲或是隱隱的呼吸聲究竟來自哪裡。你眞的確定那些聲響來自窗外嗎？或者，你以爲是浴室的漏水聲，其實是某人緩緩潛入你家，躡手躡腳地企圖闖進你的房間呢？

H. P. 洛克萊夫特說：「人類最古老而強烈的情緒，是恐懼；最古老而強烈的恐懼，是對未知的恐懼。」這邊的未知可不僅止於你從未去過的歪扭小鎭，畢竟你怎麼知道閉上眼睛，你的房間到底還是不是原來的樣子？

於是，爲了探索你閉上眼睛後這個世界的樣貌，恐怖小說誕生了。

裸體美婦脫掉了那層皮，成為一個骷髏

有人認為，小說源自古代人們圍坐在火堆邊講故事的形式。想像一下那個畫面，似乎很容易理解為什麼小時候參加營隊，總會有個晚上莫名其妙輪流講起鬼故事，然後在一陣戰慄中結束彼此嚇自己的行為。恐怖小說的起源或許就是這樣的。

在西方文類而言，恐怖小說（horror fiction）一般都是自哥德小說（註一）（gothic novel）開始劃分，畢竟具備「不斷探索邊界」意義的哥德小說，本身就有展現未知之境的功能，進而演化出「讓人感到恐怖的虛構小說」這樣的定義。也因此，我們可以說西方的恐怖小說誕生於「一個威脅性的祕密，一個古老的詛咒，以及奇妙的大宅，與纖細的女主角」這些哥德式的要素，從而構成日後西方恐怖小說的基本條件，也就是你總是要「觸犯」某個結界似的空間，你才遭遇到恐怖。

要在此說明的是，「恐怖小說」如果我們稱之為一種文類（literary genre），似乎是一種外來的類型文學，但就像奇幻小說（fantasy）先以外來文類的姿態進入華文世界（如《龍槍編年史》、《魔戒》等西洋文本），讀者在理解這些文本是被劃分到「奇幻」的文類範疇的同時，也針對某種內在特徵相符的概念（如「超現實」、「人神共處」）

註一：Gothic 最早是指日爾曼民族中的哥德人，後逐漸變為中古時期的形容詞。十八世紀，理性主義與啟蒙運動影響英國，文學作品多半具有強烈的現實性，這時哥德小說成為對抗那種理性主義的存在，於是，不管是不是把背景設定在中世紀，都可看見如同夢魘般的恐懼感，裡頭充滿對異世界的探討與渴望。

繼而回溯到如《封神演義》、《西遊記》這類的中國古典小說脈絡中。但在台灣，講到「恐怖小說」，應該所有人都會聯想到如《聊齋誌異》之類的中國特有文學類型。

日本也是一樣，早在「恐怖小說」（ホラー）這個詞出現之前，屬於日本自身的恐怖形式就已存在。

撬開棺材，一個嬰兒正蜷縮在母親屍骨上沉沉睡去

日本恐怖小說的前行脈絡大致可分爲三種。

一是日本從室町幕府以來就有的「百物語」傳統，大家聚集在一起講鬼故事，據說講滿一百個鬼故事就會有不可思議之事發生，後來更進入通俗讀本中，並轉進歌舞伎、落語等等大眾娛樂發展；一是佛教的傳入，僧侶們爲了講述艱澀的教義，因此擷取佛經中的譬喻，結合日本原有的風土民情，創作出屬於日本在地的教喻故事（註二），特別是佛教的因果思想與日本原有的泛靈信仰（註三）合流，許多帶有靈異色彩的口傳故事逐漸流傳開來；最後是文人創作，如淺井了意《伽婢子》或上田秋成《雨月物語》，他們一方面承襲佛教的因果輪迴觀點，一方面改寫中國的志怪小說，將之書面化、在地化，催生出屬於日本的恐怖書寫形式。

註二：這種形式在中國唐朝時期就有了，我們稱之爲「講唱」，後來更成爲宋朝時期的「說話」。
註三：一種信仰形式，並非一神或多神，而是相信凡物皆有靈，凡靈皆可成妖怪或神。

但眞正在二十世紀初對這樣的恐怖脈絡進行總整理的，則是一個希臘人Patrick Lafcadio Hearn，他比較爲人所知的名字是「小泉八雲」。他以一個外來者/異邦人的視角，敏銳地發現上述脈絡，於是對當時盛行的恐怖書寫形式進行整理，結合書面與口傳文學的特色，「翻譯/改寫」成英文發表出去。而後翻回日文，進而對日本自身的恐怖小說傳統造成影響。

也就是在他的總結中，怪談有別於歐美恐怖小說的部分被凸顯，除了西方未有的強烈因果信仰與「靈」的形式外，與歐美恐怖小說總是喜歡讓主角「誤觸險地」不同，日本怪談中洋溢著日常性，恐怖本來就存在我們生活周遭，並非人刻意闖入，只是「剛好」碰觸到現世與他世的邊界。更重要的，或許是怪談中那種強調「氣氛」而非實質暴力或恐怖行爲的恐怖描寫，日後甚至透過日本恐怖電影（J-horror）反過來影響歐美的恐怖電影，成爲日本難得「文化逆輸入」的範例。

吃完牛排打開冰箱，男友的頭擱在裡頭正瞪著我

在小泉八雲對江戶以來的怪談傳統進行總整理後，明治末期受到歐美心靈科學流行的影響，怪談又掀起一波熱潮，只是這時怪談逐漸受到理性的壓抑，於是建立了「尋找

解釋」的模式，改變怪談原本不需理由就遭遇恐怖的敘事方法。而後七〇年代流行的心靈節目、靈異照片等等，更讓怪談本身的「怪異」為理性籠罩。

於是，雖然這段時間流行怪談，但多以鬼故事形態的「百物語」形式出現，幾乎沒有稱得上是虛構文類的「恐怖小說」。這段期間恐怖小說得依附推理小說生存，或反過來說，推理小說成為培植恐怖小說的土壤。

同樣是恐怖文本的恐怖電影史，曾經被人形容為「在本質上就是二十世紀的焦慮史」，恐怖小說也是，這個文類其實準確地反映當代人的集體恐慌。所以，九〇年代初期，由於泡沫經濟與當時的社會主義大崩壞，那個「解決可能性」（一切社經相關問題皆有可能解決）的時代已經過去，取而代之的則是「解決不可能性」（一切問題皆不可能解決）的時代逐漸顯露。加上八〇年代史蒂芬．金的作品被翻譯進入日本，在某些閱讀族群中獲得相當熱烈的歡迎與反應，日本才開始書寫「現代恐怖小說」。

日本文藝評論家高橋敏夫認為，我們在「搭乘現代社會這個交通工具時，偶然與恐怖小說共乘」，恐怖小說中描繪的非真實場景正巧形成一個相對於現世的參照系統。於是，日本現代恐怖小說在承襲怪談傳統的同時，也針對現代人的感性結構反映出現代社會的情況。描寫那些潛伏日常生活的細節、在習以為常的城市角落發生的恐怖，過去從未見過的人際疏離、科技恐慌、對宗教與心靈的質疑，在這個時候都陸續進入恐怖小說中。

一九九三年，角川成立恐怖小說書系以及日本恐怖小說大獎（註一），「恐怖小說元年」正式成爲宣傳詞，從此，日本恐怖小說開始在出版市場有著一席之地。

地球上最後一個活人獨自坐在房間裡，這時響起了敲門聲

如今，二十一世紀都過了第一個十年了，日本恐怖小說的類型也益發多樣化。

怪談方面，由京極夏彥與東雅夫在《怪與幽》雜誌上提倡的「現代怪談」運動正如火如荼，京極不僅積極賦予傳統怪談現代風味與意義，也積極創作「在日常的都市縫隙中遇到非日常的怪異」的現代怪談；木原浩勝與中山市朗則復古地學習「百物語」，到處收集鬼故事並改寫成「新耳袋」系列，兩邊可說是從不同方向延續怪談這種日本文類的命脈。

現代恐怖小說方面，角川的日本恐怖小說大獎則繼續挖掘具現代感性的優秀恐怖小說（註二），不僅有帶科幻風味的貴志祐介、小林泰三、瀨名秀明，強調日式民俗感的岩井志麻子、坂東眞砂子，走獵奇風格的遠藤徹、飴村行，或是強調現代清爽日式風格的

註一：此獎項在2019年和橫溝正史推理小說大獎合併爲「橫溝正史推理及恐怖小說大獎」。

朱川湊人、恒川光太郎。創作遊走在各種類型之間的恐怖小說家也愈來愈多，三津田信三在推理與恐怖之間架起高空鋼索，走在上面展現他精湛的說故事技巧；藤木稟則是將日式奇幻的華麗色彩，結合西方的哥德原鄉，進而開創屬於自己的風格。到這階段，日本的恐怖小說可說是應有盡有。

講鬼故事有一個基本技巧，就是在聲音愈壓愈低的時候，要忽然拔高，喊著「那個人就在你後面」，用氣勢震駭聽眾。可是如今的恐怖小說，早就沒那麼簡單了，「你的後面有人」是前提，接下來會發生什麼事，才是重點。

就像在名爲恐怖小說的森林地上長滿眞菌一般，乍看陰沉而茫濛，但當你習慣夜色、找到對的觀看角度，才會發現他們款擺出誇張、陰溼、幽微、鮮豔、各式各樣不同的顏色與姿態，而那些東西加總起來，便是我們內心不欲人知的另一半世界。

猜猜看，閉上眼睛後，你的世界會變成怎樣？

曲辰，現居打狗，認爲推理小說與恐怖小說剛好是現代文明的一體兩面，所以都要攝取以保持營養均衡。不過被恐怖電影嚇到時，會惱羞成怒地抱怨導演技巧拙劣，看到太可怕的恐怖小說會在晚上的夢中把結局扭轉，這樣才能保持身心的健康。

註二：其實這個獎本身就有很傳奇的事件，從第一屆起，即有「單數屆的恐怖小說大賞一定會首獎從缺」的都市傳說，直到第十三、十四屆連續從缺才打破紀錄。不過到第十八屆又從缺，不知道之後會不會變成偶數屆從缺。

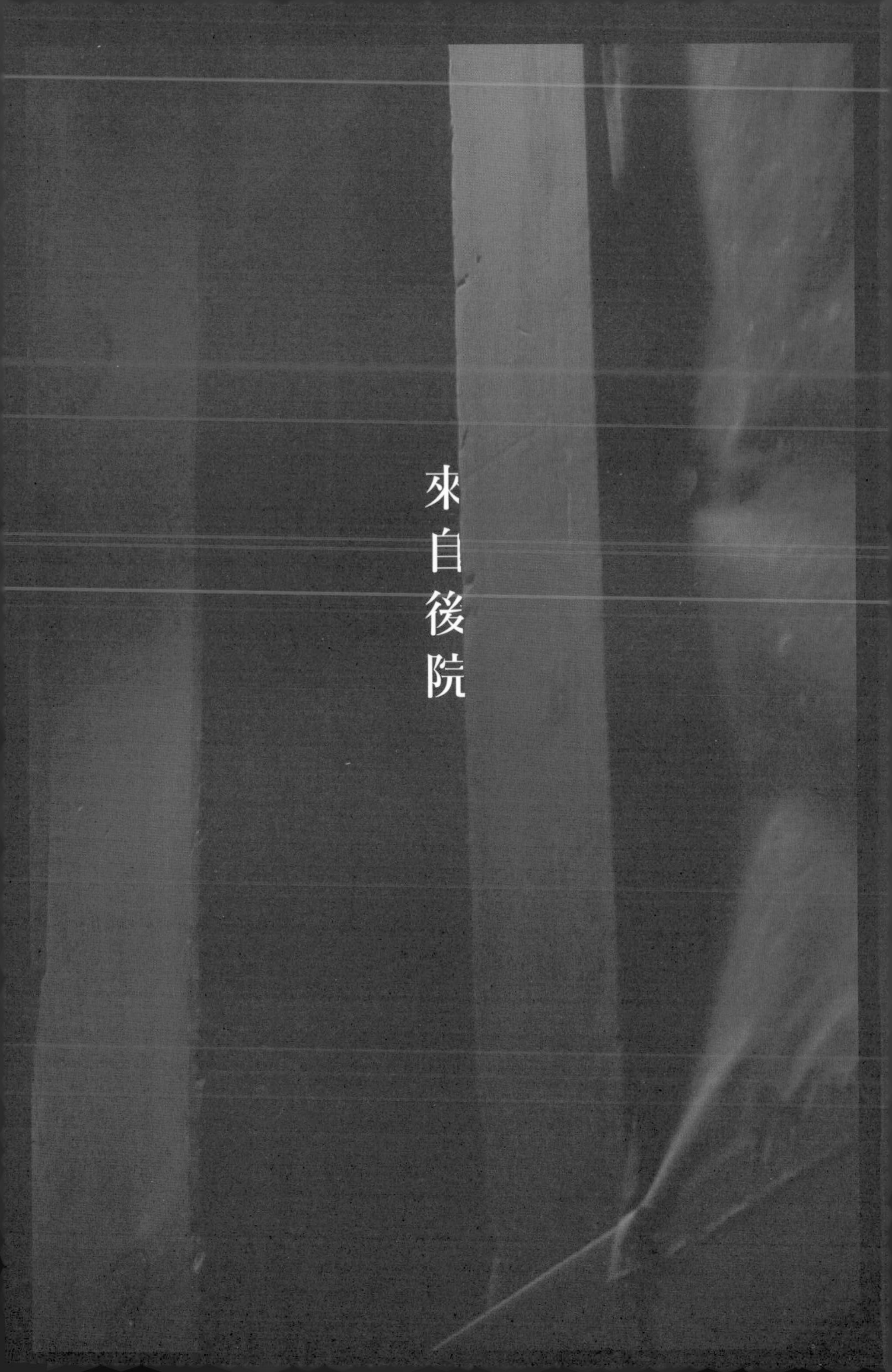

來自後院

——又打開了。

祥子正要走出起居室時，忽然停下腳步。

祥子剛剛打開的拉門，面對很像緣廊的短廊。隔著大片玻璃門，眼前是進深頗深的中庭。穿過宛如小巷的中庭，另一邊同樣是短廊，幾座老舊的衣櫥並排。其中兩座衣櫥比祥子矮一些，從後方看得見兩扇拉門，換句話說，衣櫥擋住拉門。拉門糊著沒有花紋的白色毛邊紙，可窺得上面三分之一左右。其中一扇拉門，稍微露出縫隙。

——我記得昨晚明明關上了。

祥子從去世的姑姑手上繼承來的這幢房子，位於河口處一座小城下町的一角。在一排古老建築正中央，是典型的町屋，也就是所謂的「鰻魚床鋪」。入口窄，格局狹長。夾在兩側的鄰家之間，根本沒有稱得上窗戶的窗戶，採光只能依靠形狀細長的中庭。約莫是爲了盡量讓光線透進來，走廊繞屋子一圈，其中三面屬於這棟房子，剩下那一面是鄰家，不過，照入屋內的光線根本微不足道。況且，此時正值初夏，中庭的樹木紛紛冒出新枝，翡翠嫩葉生長得茂密，經常在屋裡落下靜默的陰影。

祥子深呼吸，視線越過中庭，望向衣櫥上方五公分左右的縫隙。比起清早下雨造成的光線不足、樹木的綠蔭、落在家中的陰影，層層加疊生成的幽暗，縫隙益發陰暗。

——每次關上都會再打開。

這麼想著，祥子往短廊前進，來到面對中庭長邊的長廊。經年累月打磨拋光，黑亮的地板自祥子腳邊往前延伸。踩過會發出輕微傾軋聲的地板，經過中庭，走廊便分成兩個方向。一邊是並排著衣櫥的短廊，另一邊則沿牆蜿蜒至更深處的後院。

祥子轉入短廊，在衣櫥旁踮起腳尖。視線前方出現衣櫥上方的木板，木板對面是拉門，隱約可窺見縫隙內的昏暗。祥子的手越過衣櫥，好不容易搆到拉門邊緣，費了一番工夫才關上。

去世的姑姑爲什麼要在這種地方擺放衣櫥？

除了拉門，這個房間沒有其他入口，形同「打不開的房間」。由於衣櫥占據空間，短廊變得狹窄，不得不側身而過。抽屜也很難打開，這些衣櫥和房間一樣，沒裝任何東西，毫無用處。祥子再三思考，只能當作這個房間是故意關上的。然而，不論怎麼關，拉門總不知不覺開啟。

畢竟是老房子了吧。

說不定是門檻歪斜，或有小動物進出。

祥子如此想著，離開短廊，打算到後頭去洗臉。穿過兩側土牆包夾的昏暗走廊，轉了個彎，就來到後院。那是一片空蕩蕩，十分殺風景的院子。走廊從這裡再度彎折，和中庭一樣，像是緣廊的走廊沿著後院延伸，通往洗臉處和浴室。

——聽說，後院鬧鬼。

小時候，究竟是誰這麼告訴我？那是比祥子年長兩、三歲的女孩。祖母的葬禮上，女孩一身黑白相間的洋裝，以黑蕾絲蝴蝶結綁起馬尾。祥子以爲是表姊或堂姊，直到一個月前出席姑姑的葬禮，才知道她並沒有表姊妹和堂姊妹。

一到晚上，後院會有鬼出來，呻吟著在樹叢之間爬來爬去——女孩彷彿在透露重大祕密，附耳低語，幼小的祥子不禁陷入恐懼。如今她年近四十，回想起來，那不過是讓人苦笑的怪談。然而，她仍清楚記得，嚷嚷「鬼好恐怖，我不要去浴室和洗臉的地方」時，姑姑嚴厲斥責自己的情景。

不過，祥子原本就害怕這幢房子。連建築年份都不清楚的老舊町屋，總是陰陰暗暗，不斷往深處延伸的格局，猶如噩夢一般，感覺很不舒服。外面那條並排著相同式樣房子的道路，祥子也不喜歡。一看見並排的老舊房子，她便會不由自主意識到每幢房子隱藏的，彷彿會將人吸入其中的幽暗。

——不僅如此。

祥子抬起頭。後院另一邊是以陰天爲背景，聳立在這些老房子上頭的黑色城堡。雖然不大，但距離如此近，還是充滿威脅感。小時候，祥子去過一次。城堡裡是相當樸實的博物館，祥子卻十分害怕展示的盔甲。準確地說，是盔甲底下滑溜的黑色面具，那大力金剛神般嚇人的長相。那樣的黑色，與城堡的黑色輪廓重疊，每當從後院仰頭望去，祥子就會想起恐怖的盔甲，坐在沉重的鎧櫃上睥睨著自己——她這麼覺得。

當年草木更爲茂盛，像是被放置不管、胡亂生長，庭院非常陰暗。現在大半的樹都砍掉，幾乎不見低矮的灌木叢，只剩老山茶樹、楓樹及少得可憐的草葉。踏腳石周遭長滿雜草。由於沒有遮蔽物，可看到後院盡頭的籬笆。

籬笆的一側有道小木門，外邊就是水溝，大人叮囑絕不能靠近。記不得是什麼時候，姑姑讓祥子看過外頭的景象。打開木門，有一道朝水溝延伸的窄短石梯。很久以前，大夥還會在水溝清洗東西時，都走石梯下去。水溝寬約一公尺，相較於大小，水深更爲驚人。姑姑說，水溝的流速比看起來快很多。

姑姑還是小孩的時候，曾經目睹水溝沖走孩童。

她來不及向大人求救，那孩童便被沖走，吸入附近的陰溝。不曉得城堡底下的水溝是怎麼蓋的，過了幾天，有人在護城河中發現那孩童的屍體。

自從聽過這個故事，祥子絕不靠近那條水溝。不光水溝，連木門和後院她都害怕。加上附近有河童之類的傳說，水總會讓祥子聯想到討厭的事情。不過，大概是靠近河口，後院飄散著沉澱的水臭味。祥子不再造訪的期間，水溝遭填平，成了馬路，卻仍飄出微微水臭。是乘著河風來的嗎？那股味道和腐臭有些類似。

祥子心想，我果然不喜歡這幢房子，可是又爲什麼決定要繼承？

眺望著空蕩蕩的庭院，彷彿躲藏著什麼的樹叢已消失。雖然不再是對大小事都感到恐懼的孩童，一看到後院，內心仍一陣騷動。若要爲那股騷動下個定義，就是不安。

——或許我不該來這裡。

一個月前，也就是三月即將結束之際，祥子接到姑姑的訃聞。

老實說，祥子很少和姑姑見面，不太記得姑姑的事情。身爲長子的父親離開老家，小姑姑出嫁，所以由排行第二的姑姑繼承這幢老房子。

聽說，直到曾祖父那一代，祥子的老家都是大商家。傳到祖父手上後，家道開始中落，廣闊的豪宅遭分割出售。祥子繼承的這幢房子，據說是和過往的豪宅相連的別屋。

祖父去世時，家中已沒有任何做生意的痕跡。唯一的兒子——祥子的父親前往東京求職，離開老家。或許是距離遙遠，父親極少返鄉探親，更是幾乎不帶祥子回來。姑姑也沒來找過父親。看起來不像感情不佳，卻是一對疏遠的兄妹。儘管緣分很淺，接到訃聞後，祥子依然出席了葬禮。

五年前父親去世，出嫁的小姑姑更早之前便已去世，祥子成爲姑姑唯一的親人。留下來的房產要怎麼處理？律師如此詢問，祥子反射性地回答「我要繼承」。

如今回想，祥子仍不清楚自己爲何會這麼決定。她對職場的人際關係感到疲倦，想切斷和許多人事物的關係。然而，另一方面，她卻也覺得自己是無根的浮萍。父母逝世，沒有兄弟姊妹。一口氣失去情人和朋友，還得和他們待在同一個職場。腦海浮現乾脆辭職的念頭，但以這樣的年紀，她沒把握找到新工作。若是搬來這裡，便能躲開那些煩心事。再加上，姑姑留下的房產中，有兩幢出租的房子和一棟公寓，不需要急著找工作。既然無處可去，繼承這個家也沒什麼不好。當時，祥子對「家」這個曖昧模糊的字眼滿懷憧憬，或許是覺得繼承這個家，就能擁有歸屬之地。

我確實是繼承了這個「家」沒錯。

祥子默默想著，走進洗臉處洗了把臉。這房子雖然老舊，但姑姑照顧得很好，洗臉處、浴室等設備都算新穎，沒什麼不便的地方。她拿毛巾擦臉，視線落在腳邊一個箱子上。那是搬家用的紙箱，放滿各式盥洗和沐浴用品，都是姑姑留下的。

我繼承這房子，姑姑會怎麼想？連姑姑用到一半的化妝水，祥子都繼承了，但兩人並沒有親近到這種程度。

祥子輕輕嘆氣，抱起殘存姑姑氣息的箱子，得想辦法處理才行。當她走出洗臉處，回到走廊上，正要踏進短廊時，不禁愣在原地。

——又打開了。

那座老舊的桐木衣櫥上方，剛關上的拉門居然又開了個縫。

這房子實在太舊，就算到處都有門柱歪斜也沒什麼好奇怪的。

雖然這麼想，祥子卻無法以「就算」二字帶過。如同「後院鬧鬼」一般的老套怪談，不管怎麼關，總會不知不覺打開的拉門。雖然可一笑置之，但祥子辦不到，那個房間有說不出的不對勁。

唯一的出入口堵著衣櫥的房間。她記得最後一次過來時，並沒有擺放衣櫥，卻想不起房間的原貌。即使搜索僅存的些許記憶，也找不到房間發揮功用的情景。拉門一向緊閉，她根本沒看過房內。大小應該和普通房間差不多，但似乎沒有窗戶。一般而言，應該會設計採光用的拉門，不然陽光根本照不進來。是充當儲藏室嗎？印象中姑姑提過類似的話。她說裡頭收著重要物品，絕對不能隨便進去。

答應姑姑，不要過來這邊的走廊，不准打開拉門。如果違反約定，姑姑會處罰妳。

祥子忘不了姑姑嚴厲的語氣。

她將箱子放在走廊上，在衣櫥旁踮起腳尖。

——到時候，也得整理這裡才行。

祥子這麼想著，手越過衣櫥上方。透過指尖前方五公分左右的縫隙，可窺見空虛的黑暗。她刻意不看房內情況，僅僅闔上拉門。以指尖確認用力關緊的觸感，以耳朵確認用力關上的聲響後，安心地吐出一口氣。

總之，拉門隔絕了那個房間，裡頭只待著沉默的黑暗——理應如此。

❖

在整理房子、辦理繼承手續期間，姑姑七七的法事結束。祥子逐漸認得附近鄰居的臉孔，也有固定前往的商店。當她一點一滴建構起新生活之際，「打不開的房間」的拉門仍舊會打開。原先祥子緊張兮兮，看到縫隙便立刻過去關上，但過了不久，她學會視而不見。

下定決心不在意，就可能無視那個房間。祥子主要的生活空間，是從馬路到中庭的「外面」。一樓並排著三個小房間，二樓則有兩個房間。穿過中庭來到「裡面」，僅有打不開的房間和二樓的客房。目前，兩個房間祥子都暫時用不上。不靠近裡面，就不需要與拉門對峙。洗臉可在通庭（註）旁的廚房解決，只有洗澡得進去裡面，但別望向短廊就行。

——然而，即使如此，終究還是得面對。整理姑姑的遺物，更動家具的位置，收好自己的行李，做完這些後，只剩下「打不開的房間」。

不可能一直放著不管吧。打開拉門的說不定是小動物，很可能早在房裡築巢。除此之外，還有塵埃、發霉、溼氣——光是想像，祥子就不由得心生膽怯。

她激勵著膽小的自己，好不容易才朝短廊走去。這天十分晴朗，中庭充滿陽光。

許久沒注意，拉門果然還是打開了。中庭愈是明亮，從縫隙窺見的黑暗愈是濃重。

總之，祥子自衣櫥旁伸手進去，打開最下方的抽屜。

由於空間狹小，就算碰到面對中庭的玻璃門，抽屜也只能打開一半。抽屜裡是以疊紙包裝起來的和服，但疊紙浮現漬痕，而且沒放防蟲劑之類的保護，姑姑大概已決定不

註：從門口到屋內深處的主要通道。

再穿這些和服，否則應該不會將衣櫥擺在這麼不便的地方。

這個房間果然是儲藏室，或許只是把放不下的衣櫥移到外頭。

那麼，得好好整理一番。

祥子思忖著，將眼前衣櫥裡的東西通通拿出來，費盡九牛二虎之力才移動衣櫥。雖然有移動家具的工具，但空間不夠，根本無法將最關鍵的小台車塞到衣櫥底下。即使打開玻璃門，下到中庭還是動不了。恰巧屋簷下有座石造洗手檯，祥子以洗手檯爲支點，終於移出衣櫥。好不容易將衣櫥挪到不擋路的位置，出現沒有花紋的素色拉門。兩扇拉門只有一半封住「打不開的房間」。

靠近一瞧，拉門上的毛邊紙沒變色，門框的塗料還很新，拉門之間有著五公分左右的空隙。祥子下定決心，一鼓作氣拉開。

一如想像，裡頭一片漆黑。光線射入宛如塗料般濃稠的黑暗，映出不多也不少的空洞洞。

——怎麼會這樣？

姑姑明明用那麼嚇人的表情強調「收著重要物品」。

房內是徹底的空蕩蕩，鋪著六張嶄新的榻榻米。進門的左手邊設有櫥架和壁龕，顯然原本是當起居室，而且似乎經過相當細心的照顧，不見任何損壞之處，不如說是全新的房間。只是，沒擺設家具，壁龕當然沒裝飾掛軸，櫥架下方的小壁櫥、右手邊的壁櫥裡也空無一物，根本找不到一扇窗戶。正面是一片乾淨的牆壁。明明面對後院，卻連採光的小窗都沒有。榻榻米表層散發一股青澀的味道，是個陰暗空曠的起居室。一旦關上拉門，就算是白天，裡頭仍僅有黑暗。

——爲什麼？

那麼，堵在拉門前的衣櫥，眞的是爲了封住這間起居室。不是「好像」，這確實是「打不開的房間」。姑姑封鎖這間起居室，卻照顧得比家裡其他地方更好，感受到其中的落差，祥子覺得不太舒服。

究竟是爲什麼？

祥子不清楚姑姑封鎖起居室的理由，不過，看來沒有生物築巢的跡象。換句話說，原本這裡是不該打開的。

祥子試著拉另一扇門，雖然順暢滑動，不過並沒有輕到能夠隨手打開。即使門檻歪斜，她也不認爲能獨力打開。

——不，或許只是她不曉得訣竅。

要是眞能一點一點拉開，找賣門窗的小販或木匠等專家過來，就知道怎麼開了吧。

祥子嘆一口氣，放鬆肩膀。這裡沒有任何需要整理的東西。還有堵住拉門的另一座衣櫥——然而，祥子已沒力氣繼續檢查。

下次再說吧。

擋路的衣櫥先放進起居室就行。其餘的等明天，或有力氣的時候再處理。

❖

當晚就寢前，祥子在客廳的矮桌上攤開姑姑留下的記事本和文件。看起來不需處分的物品，祥子全收進茶箱，她從裡頭找出記事本、帳簿、成捆的賀年卡。

那間起居室似乎在近幾年內整頓過，家裡其他地方也都經過細心保養，祥子猜想姑姑有固定往來的業者。況且，姑姑還有出租的房子和公寓，不可能沒與相關業者往來。

祥子翻找一陣，終於在記事本的通訊錄發現「工務店」三個字。雖然只寫著電話號碼，但對照賀年卡，應該是「隈田工務店」。葬禮的芳名錄上也有姓隈田的店老闆。

——試著聯絡吧。

祥子頗爲猶豫，翻來覆去地看著賀年卡。

此時，她隱約聽見喀哩喀哩的微弱聲響。

祥子環視客廳，想找出聲響來源，注意到面對中庭的紙門上的觀雪窗開著。透過觀雪窗，可看見走廊上的玻璃門也開著。白天天氣很好，祥子打開玻璃門，到了晚上卻忘得一乾二淨。

她起身要去關上玻璃門，一拉開紙門，客廳的亮光流瀉到中庭。踏出走廊，手伸向玻璃門時，傳來削東西般的喀哩喀哩聲。感覺是來自中庭，或沿走廊延伸的屋內深處。附近鄰居可能都已入睡，周遭非常安靜，連吹動庭院樹木的風都沒有，卻飄散著微弱的水臭。帶著腐臭的寂靜深處，隱隱發出喀哩喀哩聲，簡直像在削什麼——又像在搔抓，或吃著什麼。

祥子彷彿有所預感，望向中庭正面。由於衣櫥已移開，她看見拉門上糊的灰白色毛邊紙浮現在黑暗中。

喀哩喀哩，然後是微弱的一聲「喀咚」。祥子的視線越過中庭，觀望事態發展。拉門彷彿被堵住般搖搖晃晃，和土牆之間出現細細的黑色龜裂。

祥子無法出聲，全身動彈不得。她像被捆住似的，手一直放在玻璃門上，愣在原地。喀咚喀咚，拉門搖晃著，牆壁和拉門之間的黑色縫隙愈來愈大。

裡面什麼都沒有。沒有生物築巢——除了姑姑仔細保養那個房間的心情之外。因爲那裡收著重要物品。

姑姑收藏在房裡的究竟是什麼？還是，那只是不想讓祥子進去的藉口？

祥子動彈不得之際，拉門已半開，門縫內的黑暗異常濃重，宛如打翻墨水。黑暗的深處，忽然浮現白色物體。搖搖晃晃，從地板上浮出。那是個圓形白影，隱約可見眼睛和鼻子。

——是人。

起居室地板上，有人抬起臉，望向這邊。

這麼一想，祥子忍不住驚呼。胸口痙攣似地顫抖著，擠壓出的氣息化爲聲音。一片寂靜中，那聲音大到連祥子自己都嚇一跳，門縫底下的那張臉瞬間消失。

祥子彈起般關上玻璃門，大步後退關上紙門，再用力關上附觀雪窗的小拉門。她一直退到客廳另一邊，撞上柱子，癱坐在地。

祥子茫然想著，那是人，而且像是女人。想到這裡，祥子便覺得那是姑姑。儘管距離遠，瞧不清五官，她卻莫名確信。

——絕對不能進去，姑姑如此警告。

那裡收著重要物品，祥子偏偏觸犯禁忌。她明明發誓過，若有違背甘願受罰。

在那個空洞中，姑姑收藏著某種重要的東西。然而，祥子卻無視姑姑的意願，厚著臉皮闖進去。

——姑姑生氣了。

原本祥子和姑姑之間就沒什麼交流，見面的次數屈指可算。在祥子心裡，與姑姑的距離十分遙遠。姑姑非常嚴厲、拘謹，她不曾從姑姑身上感受到一絲親近。姑姑也不曾對姪女表現出任何親密之情，維持著形同陌生人的關係。這個陌生人——明明如此害怕這幢房子、這座城鎮，一點好感都沒有，卻恬不知恥地登堂入室。

姑姑當然會生氣。

要是姑姑認爲，長久獨自守護的東西被偷走，也不奇怪。不管怎麼看，祥子都是爲財產而來。姑姑恐怕無法理解，祥子其實是想逃離一切。

「對不起……」

祥子喃喃自語。可是，她並非貪圖這幢房子與姑姑的財產。她確實認爲猶如天降甘霖，但絕不是只有這樣。她最需要的是棲身之處，總覺得繼承這幢房子，便能擁有歸屬。

祥子隱約知道，這一切不過是幻想。之所以感到不安，是因為她心虛不已。

——我明白了，對不起。

❖

隔天，在癱坐的位置醒來，祥子立刻打了通電話。

靠著柱子顫抖、哭泣不止的夜晚，她腦海不斷浮現「回去吧」的字眼。她不應該待在這裡，回去比較好。一旦這麼想，卻又冒出「回去哪裡？」的疑問。她根本沒有能夠回去的地方。

況且，祥子內心仍有眷戀。對於這個「家」，對於棲身之處，對於未必稱得上愉快，但確實擁有記憶的眷戀。

或許是她弄錯，搞不好是看錯，總之找人商量看看吧。然而，能夠傾訴「拉門自動打開」的對象，祥子只想到工務店的隈田老闆。

她盯著通訊錄撥打電話，響三聲後，一個老人接起。隈田參加姑姑的葬禮時，應該與祥子見過面。祥子報上姓名，詢問對方是否曾接受姑姑的委託。不出所料，隈田一直照顧著這幢房子。她告訴隈田拉門有問題，希望盡早來一趟。隈田立刻同意，他表示要到附近辦事，會順道拜訪。

等待隈田前來的期間，祥子戰戰兢兢望著中庭。目光越過庭院，起居室拉門依然半開，雖然光線穿透縫隙，深處仍盤踞著墨水般的黑暗。

那片黑暗中，彷彿又能看見什麼，祥子很想關上拉門，卻不敢靠近。一旦靠近，恐怕會遭到捕獲。

祥子還在迷惘，隈田已抵達。門鈴一響起，她隨即衝下土間。拉開格子門，一名神情誠懇的老人出現。

「讓妳久等了。」

隈田推推帽緣，繼續問，「收拾得差不多了吧？」唔，祥子含糊回答，帶他進屋，走到拉門開著的起居室。

「這個拉門……」

祥子向隈田解釋，不論怎麼關，門都會自動打開。這樣啊，隈田低聲應道，有些驚訝地看著拉門。

「請問……會不會是門檻歪掉?這房子十分老舊，該不會地基傾斜?」

祥子找藉口似地補上一句。

「應該不是。」隈田回答。接著，他像在教導般告訴祥子，拉門能夠毫無縫隙地緊緊關上，就是門檻沒歪掉的證據。況且，拉門沒裝滑輪，就算門檻稍稍歪掉，也不會自動打開。

「既然這樣，爲什麼會打開?」

這個嘛……隈田如此低喃，旋即陷入沉默。祥子試著延續話題，問道：

「這間起居室是您打理的嗎?姑姑很寶貝這個房間吧。」

聽到祥子的話，隈田微微苦笑：

「應該不是吧。瞧瞧，這裡就傷到了。」

是嗎?祥子有些意外。

「我一直以爲姑姑特別重視這個房間。」

「她挺珍惜房子，不過沒特別重視這裡。」

隈田說著，望向擺得不上不下的衣櫥。

「如果要移動，我來搬吧。」

「不用了——不曉得那座衣櫥怎會放在這邊，」祥子指著走廊，「根本沒辦法進出房間。」

這樣啊，隈田只回短短一句。

「我不清楚姑姑的想法。我們不常見面，我一直不知道她是怎樣的人。」

「她是很頑固的人。」隈田笑著說，「一旦下定決心，絕不改變。嚴肅又拘謹，不管從哪種角度來看，都屬於不會圓滑處世的人。我那裡的年輕人形容她像武士家的太太。」

祥子微微揚起嘴角，「我能想像。」

「她相當重視這個家，並且努力維繫繼承的東西。由於沒有子女，她十分煩惱這個家的未來。妳願意繼承，她也就能夠安心。」

「眞的嗎？」祥子低喃，「搞不好姑姑其實不喜歡我來繼承。」

隈田露出訝異的表情。

「我不曉得該怎麼和這幢房子相處。以前聽說後院鬧鬼，而且屋裡不是到處都很暗嗎？我小時候非常害怕。」

「或許眞的是這樣。」

「寶貝的房子被當成鬼屋，想必不會高興。加上我和姑姑的關係疏遠，根本和陌生人差不多，姑姑恐怕不希望我繼承。」

聽祥子這麼說，隈田委婉應道：

「妳可能想太多了，我認爲太太滿中意妳的。雖然她不會把好話掛在嘴邊，但從話裡感受得出。」

接著，他輕輕一笑。

「太太還讓我看過妳的照片。」

「我的照片？」

「那應該是成人式的照片，妳一身長袖和服。太太告訴我，是兄長寄來的，還嫌棄地說『眞是個傻爸爸』。一邊抱怨著照片提醒她時光飛逝、她也上了年紀，卻特別找出來給我看，太太就是這麼高興。」

祥子注視著瞇起雙眼的隈田，不由得想掉淚。於是，隈田打開走廊上的玻璃門，說了聲「抱歉」，點起一根香菸。

「我也聽過後院鬧鬼的傳聞。」

咦？祥子抬起頭。

「太太非常苦惱。由於不想看見那女人，才塞住窗戶。」

窗戶，祥子喃喃自語，回頭望向客廳。那面對後院，卻沒裝任何一扇窗戶的牆壁，是姑姑塞住的嗎？

是啊，隈田點點頭。

「我不清楚當時的狀況。太太只告訴我，不喜歡有東西從後院進來，要拆掉窗戶。」

隈田吐出一縷輕煙。

「不知何時，好好的後院變得空蕩蕩。說是有貓或鼬鼠，不過太太大概是討厭有陰影吧。」

祥子想起後院的狀況，姑姑也和祥子一樣感到害怕。

「我不知道究竟是怎麼回事，雖然覺得太太的話有些奇怪，還是依她的要求施工。之後又過幾年，太太來找我說拉門打開了，如同現在的妳。」

隈田望向祥子，語氣透著關懷。

「那時，我問太太爲什麼要塞住窗戶。她驚慌失措地解釋：有東西會爬過後院打開窗戶，所以才塞住的，沒想到居然進到屋裡——據傳很久以前，有一代當家的妾死得很可憐。生病的她被丟在這個房間，沒人照顧，最後去世了。不甘心受到如此過分的待遇，她死前詛咒我們家族。」

那麼，昨晚我看到的是……祥子不禁摀住嘴角。

「太太不說是作祟，而是『業障』。她認爲這個家有業障，會留下不乾淨的東西也沒辦法。那大概是她給自己的理由，還說反正她走後應該會有人處理，把房子變成空地，這樣就好。」

姑姑口中的「有人」是指祥子吧，畢竟她沒有其他親人。

「可是，我想太太其實希望有人能繼承這幢房子。」

將衣櫥歸位後，隈田便離開。那天晚上在客廳，祥子再度拿出收在茶箱的東西。姑姑留下的老相簿中，包含祥子的成人式照片。祥子不曉得父親寄照片給姑姑，而收到照片的姑姑竟特地找出來給隈田看，冥冥之中似乎有種緣分。

相簿裡還有祥子小時候的照片，幾張是在這個家拍的，也有在東京拍的。父親一句都沒提，但顯然經常寄祥子的照片給姑姑。姑姑都悉心保存下來。

有一張應該是參觀城堡時，以天守閣爲背景拍的照片。照片下方貼著一張紙條，姑姑流麗的字跡寫著「祥子似乎很怕盔甲」。

——要是和姑姑多聊聊就好了。

至少更勤快地與姑姑聯絡，那麼一來，就能在姑姑入院時去探望，或許還能送她最後一程。姑姑是獨自死去，和出現在後院的女人一樣。雖然接受醫療看護，姑姑仍是一個人面對死亡。

想到這裡，祥子赫然驚覺——對，姑姑也是獨自一人。兄長逝世，妹妹也已不在，三兄妹只剩下她。然後，姑姑撒手人寰，只剩下祥子。

此刻，祥子才意識到這一點。原本她僅僅覺得自己是姑姑唯一的親人，然而姑姑病逝後，這個家最後一個生存者不就是她嗎？除了祥子之外，所有家人都已死別。

祥子彷彿呑下沉重苦澀的東西。

身爲唯一男丁的父親，究竟爲什麼要離開家裡？母親生下祥子不久就去世，小姑姑也在懷孕前就去世，擁有孩子似乎是「異常」。不曉得姑姑是察覺不對勁，還是單純的偶然，她始終單身，沒有孩子。

不對——不是這樣，祥子在內心否定自己。祖父母不是有三個孩子嗎？祖父在祥子懂事前去世，不過祖母一直活到祥子上小學。儘管不記得祖母正確的年齡，但祖母活過六十歲。以現今來看，可能算不上長壽，卻也稱不上早逝。

——不如說，祖父才是早逝。

祖父是幾歲去世？是祖母嫁進來，還是祖父入贅？祥子壓根不曉得這些事。如今回想，父親幾乎絕口不提老家。

祖母應該是嫁進來的吧。或許純粹是短命家族罷了。父親和姑姑都是拖一段時間後，在六十歲前氣力盡失地離開。

明明擁有足以匹敵這幢古老房舍的歷史，家族成員最後卻走得乾乾淨淨，只剩下祥子一人，她不由得感到有些恐懼。

祥子更害怕的是，至今她未曾意識到此一狀況。原本她不怎麼在意沒有親戚，與父親疏遠老家的情形。在祥子心中，這個家的存在感就是如此稀薄。她認爲全是父親的錯，他不回老家，也不談及老家。明明寄出那麼多照片，卻連一句「寄了照片」都不提。

——搞不好是我想太多，但萬一不是呢？這個家裡有什麼父親避之惟恐不及的東西，於是選擇逃走，並盡量和老家保持距離。

一股寒意自體內深處竄升，祥子忍不住抱著雙肩。忽然，傳來微弱的喀噠聲。

祥子嚇一跳，望向拉門。今晚她確實關上拉門，短廊上的玻璃門也緊閉。然而，她清楚聽見乾燥的細微聲響。

那女人又想開門。

約莫是冒出這個念頭，祥子甚至聽見喀哩喀哩的搔抓聲。宛如是透過建築物本身傳來，她覺得四周的牆壁、天花板、門窗都發出聲響。儘管微弱，卻無法置若罔聞。

喀哩喀哩，好似指甲在執拗刨抓著什麼。不久後，變成喀啦喀啦的焦躁聲響，紙門劇烈搖晃。

祥子無法忍受，於是靠近客廳拉門，將內側的小拉門往上推，透過觀雪窗眺望中庭。對面是放回原位的衣櫥，後方紙門呈半開狀態。

紙門搖搖晃晃——看起來像在搖動，傳來指甲搔抓聲。不管是抓著榻榻米表面，或削著紙門、門檻、衣櫥木板之類的堅硬木頭，聽著莫名清晰。

終於進來了，姑姑這麼說過。進來的女人——生病、遭到拋棄，孤獨迎接死亡的女人，這次想到「外面」。

祥子著迷般緊盯紙門和牆壁之間的縫隙。不明物體搔抓著縫隙底部及衣櫥後方。接著，衣櫥上方掠過一道白影。那道影子在衣櫥上方的邊緣迷惘地蠢動。由於夜晚和距離的影響，祥子看不太真切，但依大小和動作推測，應該是手。白色的手扳著衣櫥上方，正在搔抓著。

喀咚，傳來沉重的一聲，衣櫥似乎在搖晃。徘徊在衣櫥上方的手往上一伸，出現瘦骨嶙峋的白皙胳臂，攀住衣櫥頂端後，白影的臉孔突然露出紙門縫隙，是個女人。她披頭散髮，從髮絲之間可窺見空虛的雙眼。距離這麼遠，居然能清楚瞧見。

女人從衣櫥頂端探出身子，以肩肘撐著身體要爬上去。細瘦的手攀著衣櫥，衣櫥發出鈍重的聲響搖搖晃晃。而後，她伸出支撐身體的胳臂，旋即像被拖回般滑到衣櫥後面。女人抵抗似地抬起臉，無聲張開大口。

欲言又止的空洞雙眼注視祥子，停頓一拍，筋疲力竭的臉、胳臂沉入縫隙。搖晃衣櫥的沉重聲響隨之停止。

衣櫥仍留在原地，上方只剩漆黑的縫隙。祥子鬆一口氣，又傳來喀哩喀哩聲。相較於一開始的騷動，非常微弱。好似帶著眷戀的聲響持續一陣，便愈來愈弱，間隔也愈來愈長，終於消失。

❖

「拜託您過來一趟，愈快愈好。」

一早，祥子便聯絡隈田。話筒彼端的隈田吞吞吐吐地說著什麼，祥子打斷他強調道：

「我想關上那間起居室的紙門，麻煩您趕緊過來。」

隈田頗爲困惑，仍答應祥子。將近一小時後，隈田帶著悶悶不樂的表情抵達。

「我希望那對紙門再也打不開，請幫忙做一道牆擋住。」

祥子打斷正要開口的隈田：

「請幫幫忙。我會付錢，這樣就沒問題了吧。」

祥子不由分說地要求，話聲有些走調。隈田凝視著祥子，她感到一陣難堪，不禁別開臉。

隈田壓抑著嘆一口氣。

「太太曾封閉那個房間一次。」

咦？祥子望向隈田上了年紀的臉孔。

「她和妳想的一樣，要我在紙門上釘木板，改造成牆壁。」

「您答應了嗎？」

「答應了。太太也說會確實付我工錢。坦白講，只要付我工錢，而且不違法，我沒有拒絕的理由。」

隈田按照要求，拆下紙門做出一堵牆壁，於是家裡多一間打不開的密室。看著完工的牆壁，姑姑彷彿放下心，向隈田道謝。

「可是，那個房間……」

根本關不住——隈田像是要這麼說，點點頭。

「之後，經過一年左右，太太又打電話來，希望我恢復原狀。」

許久不見的姑姑變得十分憔悴，面色如土，皺眉告訴隈田「失敗了」。她的健康惡化，隔天起得住院，要隈田將起居室的紙門恢復原狀。「又出來了嗎？」隈田問。姑姑搖頭解釋，女人沒出現，至少沒現身，但起居室一直傳來聲響，像是野獸一邊搔抓牆壁一邊在呻吟。即使是白天，一靠近起居室就會聽見。晚上，或許是透過屋子的梁柱傳來，不論在哪裡都聽得到。由於不堪其擾，諸事不順，身體也弄壞了。不該關上那個房間的……

「恐怕是真的被折騰得很累，那位堅強的太太哀怨地這麼說，所以我答應她的委託。可惜，她已不能回到這裡。」

自從入院後，姑姑幾經轉院，再也沒回家。

隈田去探望姑姑好幾次，姑姑非常在意家中狀況。牆壁打掉了嗎？紙門又開了嗎？

她拜託隈田將房內的衣櫥擺在紙門前。不論用護身符或什麼都行，把門開著關起來，甚至提出這種無理的要求。到了末期，姑姑已意識不清，不過隈田一來探望，就不斷告訴他聽見怪聲。

「最後實在很可憐……」

女人跟到醫院了嗎？還是只有聲音？或者，是從姑姑的懊悔中產生的幻聽？無論如何，封閉起居室導致姑姑痛苦地死去。

「既然如此，我該怎麼辦？」

祥子愣愣地問，隈田默默搖頭。他不曉得該怎麼辦，只能勸祥子千萬別關上起居室。姑姑入院期間，隈田在無人的屋裡施工。他破壞之前做的牆壁，進去一看，牆壁和榻榻米遍布抓痕。

「下面——到腰部左右的位置，真的到處都是抓痕。有些像滲血的痕跡，牆壁和榻榻米裡殘留乾掉剝落的紅黑色指甲。」

隈田只能將被抓得亂七八糟的榻榻米全換掉，重漆牆壁，並磨平梁柱和木板，裝上新紙門。

難怪唯獨那間起居室如此嶄新，祥子終於明白。

「我認爲，搬出去是最好的方法。」

隈田低聲說完，便不再開口。

「不要……」祥子脫口而出，「只有這一點我辦不到。」

隈田苦笑著注視祥子：

「還眞像呢。」

他沒說像誰。

「雖然想勸妳搬出去，但若妳怎樣都不願意，我聽說有個專門處理這類事情的年輕人，我替妳問問吧。」

隈田露出寂寥的微笑。

「要是早點認識對方，就能介紹給太太了。」

隈田暫時離開，到走廊上打電話。回來後，只告訴祥子「明早十點，對方會過來」便告辭。當晚，祥子緊緊關上最靠近馬路的二樓房間，度過一夜。雖然只能讓自己安心，她仍拿膠帶從內側封住出入口的縫隙。或許是這樣，她整晚沒聽到任何怪聲。翌日上午十點，門鈴準時響起。「請問有人在嗎？」祥子回應清澈的呼叫聲，打開大門，只見是一身輕便的年輕男子。

「隈田工務店介紹我來。」

他遞出名片，上頭印著「營繕屋　苅萱」。

「敝姓尾端。」

殷勤地低頭行禮的年輕人，提著一個大布包。

「請問……你知道是怎麼回事嗎？」

「聽說是有一位女性出沒。能不能讓我瞧瞧出問題的起居室？」

尾端像是理所當然地談論一件麻煩工程。不必向初次見面的對象描述難以啟齒的怪事，祥子鬆一口氣。

這邊請。祥子領著尾端進屋，回頭問：

「你是靈能者之類的嗎？」

不是，尾端環顧四周，如此應道。

「那麼，是看得見嗎？」

「我完全看不見。」

但不知為何，經常接到這方面的委託，我只是個普通的木匠。尾端笑著回答。

一樣是要關上起居室，隈田和尾端有何不同？既然都是木匠，感覺沒太大差別。祥子這麼一說，尾端流露不可思議的語氣。

「我也這麼想，到底是什麼原因呢？」他在起居室前停步，「是這裡嗎？」從衣櫥上方可稍微看見紙門之間有一小縫隙，又打開了。不過，至少昨天晚上，女人沒從起居室出來。

唔……尾端沉吟著，目光越過衣櫥，窺探紙門。接著，他移動衣櫥，走進起居室。裡面空蕩蕩，雖然是全新的空間，卻沒任何東西。

看完室內狀況，尾端步出門外，從走廊到後院，仔細檢查周邊環境。他告訴祥子，隈田真的很擔心。祥子可能不記得，但在姑姑的葬禮上，隈田曾詢問她接下來的打算。聽到祥子決定繼承房子，他便動用所有關係尋找尾端。

「他以為我是神主或和尚，聽到我說是普通的木匠，露出和妳一模一樣的表情。」

尾端再度回到起居室，進行檢查。他輕輕敲打牆壁一陣，向祥子說：

「這裡不要關上比較好。」

咦？祥子十分訝異。

「一旦關上，裡面不是會發生騷動嗎？關上會出問題。」

「出問題……是指會遭到作祟之類的嗎？」

姑姑果然是受到詛咒去世嗎？祥子一問，尾端歪著頭回答：

「我不清楚。妳姑姑健康惡化，或許是偶然。不過，那位女性最早是要去後院吧，塞住窗戶後，才變成要從起居室出來。」

祥子點點頭。

「所以，當初那位女性應該是待在起居室。依她是有病之身來看，這裡可能是病房。她想到後院，但出去的路被塞住，於是打算繞經家裡。實際上，她沒出現在妳身邊，也沒襲擊妳姑姑。」

祥子不曉得尾端究竟想說什麼。可能是發現祥子的表情不太對勁，尾端露出有些困擾的微笑。

「那位女性大概是想喝水。」

祥子一臉訝異。這麼一提，確實曾聽聞女人在後院爬行，或許是想去水溝旁。以前窗戶會打開，不是她要進來，而是想出去。

「只要給她水，就會消失嗎？」

祥子這麼問，尾端回答：

「不，她恐怕不會消失。因爲她經過那麼多次庭院，也沒消失。」

怎麼會這樣……尾端沒理會啞口無言的祥子，再度環顧起居室。

「這裡挺悶的。」

的確，起居室裡沒窗戶，唯一出入口的紙門又總是關著。溼氣沉澱在陽光進不來、密不透風的漆黑起居室，難怪空氣不佳。

「這樣一來，會有許多東西待在這裡。不管是對房子本身，或住在這裡的那一位都不好。」

住在這裡的那一位，祥子重複一遍。是指那女人嗎？她愣愣瞅著尾端，隨即會意。沒錯，也可說那女人住在這裡。一個生病的女人，至今仍住在這裡。

仔細想想，那女人在祥子——祥子的姑姑之前，就一直住在這裡。漫長的歲月流逝，許許多多的家庭在此誕生，以及迎向人生終點。

「只要有人住，就會在房子裡留下痕跡。」尾端彷彿看穿祥子的想法，「有的像比較身高那種是故意留下痕跡。有好的痕跡，也會有壞的痕跡。古老房子的痕跡會不斷重疊，正是所謂時間的刻痕吧。」

祥子嘆一口氣。只要活著，就會碰上許多事，無論好壞。一旦繼承房子，或許代表兩邊都要接受。

女人住在這裡。這幢房子還在一天，她便會一直待在這裡吧。

「看來我該搬出去……」

「比起搬出去，妳覺得在這面牆上開扇窗戶如何？」

尾端指著後院那側的牆壁。從外牆和柱子的位置來看，原本應該設有窗戶，所以結構上沒問題。如果裝上拉窗，就能夠採光，也能夠通風。他繼續道：

「裝在低一點的位置較好，腰腿不方便的人也可輕鬆開關窗戶。然後，在窗外手搆得到的地方放個洗手檯，用長竹管儲水。」

祥子愣愣望著尾端。

「如果是雨水，感覺不太好。加上有屋簷，雨水也打不進來。用自來水雖然有點可惜，但只是在洗手檯儲著一些水，我想影響不大。」

將水量調至最小，或設置計時器，在固定時間流出水也行。這樣一來，不會浪費水，而且把放在中庭的洗手檯移過來就好。以便宜的費用便能解決，尾端說道。原來是考慮成本嗎？祥子不禁感到有些好笑。

祥子注視著漆黑的起居室牆壁，在那裡開一扇窗戶。只要一開窗，外頭就是儲存著淨水的洗手檯，微風拂過水面，掀起波紋。越過洗手檯，看得見後院的景色。初春山茶花綻放，初夏之際，陽光穿過綠色的楓樹，灑落一地的樹影。秋天來臨，楓樹染紅——這麼一想像，祥子忽然一陣輕鬆。

反正是不會使用的起居室，當成裡頭一直住著一位客人就好。

「唔……也稍微整理一下後院吧。」

祥子一提，尾端微笑道：

「若有需要，我可以幫忙。」

「謝謝……你總是這樣處理嗎？」

聽到隈田說「專門處理這類事情」時，祥子以爲是另一種處理方法。

「我是做營繕的。如果要完全去除痕跡就是重建了，那是工務店的工作。」

修理會造成妨礙的痕跡，讓留下也無妨的痕跡不再擴大——這是我的工作。

「是嗎……那就麻煩你了。」

接著，尾端打電話進行一些安排，下午找來兩、三名年輕工匠開始動工。三天後，起居室便出現窗戶。

在正面牆壁較低處，尾端開一扇向外凸出的窗戶。內側的窗框搭配裝潢，看著很有歷史。他似乎特別去找老房子的窗戶來用。打開紙門，隔著稍稍挑高的天花板，是一扇全新的玻璃窗。窗外伸手可及的洗手檯是從中庭搬來。清澈的水順著長竹管，流進隨時代更迭而顯陳舊的儲水缽。

祥子加裝長柄杓子的放置架，擺上杓子，再添一朵花。

——自此，起居室的紙門沒打開過，也不再傳出奇怪的聲響。只是，每次進去打掃，會發現放在水缽上的杓子掉到水裡。那或許是貓幹的好事，又或許是鳥的惡作劇。
尾端告訴祥子，千萬留心不要讓水混濁或乾涸，所以祥子始終非常注意。
萬一乾掉了，紙門一定會再打開。

天花板裡

「欸，天花板裡有人。」

聽到母親這麼說，晃司覺得該來的終於來了。

母親個性剛強，從鄉下農家嫁到這個曾經是上級藩士的家，服侍自視甚高的公婆，對任性的父親盡心盡力。即使總被嫌棄出身不佳，也從不抱怨，拉拔三個孩子長大。她沒有任何怨言地照顧祖父母直到他們去世，送兩個姊姊出嫁，然後年紀最小的晃司娶了媳婦。父親在五年前倒下，拖了三年的大病期間，母親始終默默看護父親。等父親這個重擔消失後，母親整個人垮掉了。

一開始是經常臥床不起，晃司心想，那是長久以來的辛勞反應在身體上，腦中浮現被大雪壓彎的樹枝模樣。雖然還未壓斷，卻傷痕累累，需要痊癒的時間。只要痊癒，母親一定能恢復原來的狀態。

然而，隨著臥床不起的時間增加，母親的腰腿狀況愈來愈差。會被微小的高低差絆倒，言行舉止也逐漸像個小孩。母親原來是這樣的個性嗎？本來晃司還能微笑看待母親的變化，可是母親愈來愈健忘，情緒起伏愈來愈大，甚至變得脾氣暴躁，他才驚覺母親已朝著「終點」的下坡路走去。於是，他慌慌張張地帶母親到醫院，醫生診斷尚未出現清楚可見的變化，沒能確認病況，只能暫時觀察。

晃司覺得這眞是太悲慘了。

這座城鎮是歷史悠久的城下町，直到不久前，居民都還很講究身分高低。母親嫁過來時，這種傾向想必更嚴重。聽說家族會議上，眾人都反對娶農家媳婦。祖父認爲母親老實勤快，獨排眾議硬是讓母親嫁進門，可是，晃司不記得祖父曾庇護母親。祖母和親戚不停欺負母親，而父親根本沒把母親放在心上，總在外風流不歸。好不容易脫離枷鎖，享受不到多少自由，就變成這樣了嗎？

不用太擔心啦，妻子梨枝安慰晃司道：

「醫生不是說，可能是暫時的狀況嗎？」

儘管如此，晃司仍覺得這是母親失智的徵兆。不久，症狀以「天花板裡有人」的妄想形態發生。

「沒那麼誇張。」梨枝笑著對大驚失色的晃司說，接著開朗地回應母親，「大概是鼬鼠跑進來。」

「不對，是人。有人在天花板裡走來走去。」

跟我來，母親抓起梨枝和晃司的手，拉著他們進房。母親的房間面對靠近廚房的後院，晃司覺得那是以前的傭人房。他無法理解祖父母和父親居然讓媳婦、自己的妻子住在那種地方。

噓，母親像孩子般豎起食指，抬頭望向煤煙燻黑的天花板，但沒聽見任何聲響或動靜。

「躲起來了，眞討厭。」

母親皺眉盯著天花板，小小踱起腳。跟以往安靜沉穩，簡直可形容爲「靜謐」的母親判若兩人。

「可能是出去了，或在巢穴裡睡覺吧。」

梨枝這麼推測，母親搖頭否定。

「那是人哪，我聽到走來走去的腳步聲。那人有時會趴在天花板上偷看我。」

「人沒辦法在天花板裡走來走去，天花板會破掉。」

「可是，那眞的是人。在天花板裡嗅來嗅去，偷看下面的狀況。」

那下次來好好調查一下天花板吧，梨枝一臉認眞地點點頭。長年遭受婆婆虐待的母親，十分珍惜媳婦梨枝，所以梨枝相當喜歡母親。下一個假日，梨枝特意替母親檢查天花板。

「一點痕跡都沒有。」

梨枝將壁櫥上方的木板放回去，下來後拍著身上的灰塵，邊告訴母親。像在期待著什麼的母親，聽到梨枝的話，失望地嘆一口氣，走出房間。目送母親離開的兒子衛，納悶地歪著頭問：

「奶奶該不會糊塗了吧？」

不准亂講！梨枝拍了衛一下，解釋道：

「奶奶很在意房子發出怪聲。確實一直聽到嘰嘰嘰的聲響，對吧？」

是啊，衛尋求愣愣站在一旁的妹妹同意。剛滿三歲的夏希，疑惑地抬頭看著衛。梨枝微笑旁觀兄妹倆的互動，對晃司說：

「乾脆重新整修房子吧？」

聽到梨枝的提議，晃司掩不住驚訝。接著，他又爲自己居然會驚訝感到意外。

晃司家非常老舊。藩政時代，在上級武士居住的城鎮一角，祖先蓋起這棟古意盎然的大宅。土牆圍起的建地中，栽植著歷史悠久、鬱鬱蔥蔥的樹叢，一層樓的主屋和別屋並立。房子雖然寬敞，但處處殘留使用不當的痕跡，也不符合現代人的生活習慣。奇怪的是，晃司從未冒出重新整修的念頭。或許是祖父母和父親都想著維持繼承的房子原貌，晃司理所當然只考慮保持現狀。

不過，妻子一提，晃司認爲整修一番也不錯。母親腰腿不好，而且屋頂早該換新。上次更換屋瓦，是晃司上中學前後。據說屋瓦的使用年限是三十年，的確得著手處理。囉嗦的祖父母和父親已不在，仔細想想，晃司是這棟房子的現任主人，可依自己的意願來辦事。

於是，晃司迅速下定決心。爲了母親和孩子，要將這棟老房子改建成能夠舒適生活的地方。幸好晃司在銀行工作，很快辦妥貸款。工程約莫進行半年，拆掉天花板，挑高到閣樓。這麼一來，「某人」便不會在天花板裡徘徊了吧。

不料，在嶄新的寢室度過一夜，母親一臉認眞地告訴晃司：

「天花板裡還是有人哪。」

「現在天花板裡沒空間了。」晃司回道。

「那麼是屋頂吧。屋頂上有人，我一躺下，就會聽到上面傳來腳步聲。」

「若是屋頂上，會不會是貓？」

晃司委婉反駁，母親不滿似地陷入沉默，接著丟下一句「算了」便離開，連早餐都沒吃。

接下來幾天，母親不再提起「有人」，不過並不是沒再聽見腳步聲。光看她的表情就知道，她依然覺得有人在頭上徘徊，只是忍耐著不說。然而，她忍不了多久，又把「昨晚聽到腳步聲」掛在嘴邊。約莫是受母親影響，女兒夏希也會像要尋找什麼般，仰望挑高的空間。

晃司將母親帶到走廊上。

「上面沒人，您這樣會嚇到夏希。」

可是……母親皺著眉，抬頭注視晃司：

「那真的是腳步聲啊，肯定有人。」

看著母親怯懦的模樣，晃司一陣鬱悶。

「上面絕對沒人，是您多心了。」

晃司語氣強硬，母親低下頭，噤口不語。

我口氣太差了嗎？仔細想想，這本來就不是母親的錯。

晃司會感到焦躁，是不想看到畏縮的母親。明知不能怪母親，他卻想叫母親適可而止。

晃司十分後悔，整天陷入憂鬱。回到家，看到母親委靡不振，他心情益發沉重。梨枝帶著疑問的眼神，也令他難受。晚上就寢後，他連連嘆氣，輾轉反側到深夜。忽然，門口傳來戰戰兢兢的敲門聲。

他反射性地確認身旁的梨枝已熟睡，下床開門一看，是縮著肩膀的母親。

「對不起，不過……屋頂上眞的有人，我一直聽到腳步聲。」

怯生生說話的母親實在太可憐，晃司嘆一口氣。

「我去瞧瞧吧。」

他推著母親的背。瘦弱的觸感傳來，晃司心生不安，眼看母親受疾病侵蝕，愈來愈瘦小、愈來愈失控，晃司備覺痛苦。

穿過客廳就是母親的新房間。晃司原本想讓母親搬到面對前院的外側房間，但母親說習慣住在裡頭。雖然是應祖父的希望嫁過來，母親卻和住在外側房間的父親分開生活，獨自住在裡頭的房間。那是朝向設有古井的後院的小房間。不同於需要使用水井的時代，如今後院的景色算過得去，加上距離近，可感受到家人的氣息，晃司決定遵從母親的願望。相對地，他花費不少心思裝潢母親的房間。緣廊搭起落地窗，營造出類似日光室的空間。與隔壁儲藏室的連接處，則鋪上無邊榻榻米。每個房間都裝設地板暖氣，牆壁塗上白色矽藻土，並且增設照明，可依母親的喜好調整亮度。訂製的衣櫥和架子皆裝上扶手——這或許是無法從蠻橫的祖父母和父親手中保護母親的贖罪方式。一旦晃司想保護母親不受大人任性自私的行爲舉止傷害，就會被視爲「反抗」，害母親遭受責備。他沒勇氣打破那種不合理的狀況。

母親像在尋找什麼般盯著上方，晃司跟著抬起頭。立燈的光亮盈滿室內，看得一清二楚，沒有能供人躲藏的空間。晃司環顧四周，沒聽到半點聲響。

「我沒聽到任何聲音……」

是嗎？母親呢喃著，坐到西式床上。

「我的耳朵有問題嗎？」

「是不是不習慣新房間？」

「託你的福，住起來很舒適……大概是我還沒習慣睡在這種床上。」

從母親的話聽來，她想必察覺到，不斷主張一個不存在的人出現的自己很危險。

是啊，要習慣得花點時間，晃司應道。從小睡在榻榻米上，換了西式床總睡不安穩，擔心翻身會滾下去。跟晃司恰恰相反，當榻榻米換成木頭地板，擺上西式床後，梨枝彷彿大大鬆一口氣。

「就像你說的，起床變得比較輕鬆。」

母親可能是怕破壞晃司的心情。

「我是不太懂啦，不過打掃似乎也輕鬆許多。」

呵呵呵，母親小聲笑著。晃司坐在母親身旁，再度抬頭仰望。以前天花板很低，如今建成閣樓，他老是會意識到頭上的空洞，感到不安。搞不好，母親正是爲此心神不寧。

「有天花板覺得鬱悶，沒有也靜不下心。」

「你常說有人在看。」

晃司望向母親，母親竊笑道：

「小時候，你說有人從天花板的縫隙偷窺。」

這麼一提，的確是如此。老舊天花板上遍布黑色汙漬，容易將木頭花紋看成人臉，陷入恐懼。木板可能歪掉了，到處都有縫隙，一躺進被窩，就會清楚看見上方的漆黑縫隙。晃司總覺得，有人透過那些縫隙窺望他。

「確實有這麼回事。後來是何時換掉那片骯髒的天花板？」

晃司曾認爲，是舔天花板的妖怪造成汙漬——如今回想，他眞不明白自己怎會那麼害怕，不過是舔天花板留下汙漬的妖怪而已。

「是在屋頂翻修後。由於下雨漏水，導致木板都翹了起來，乾脆把所有壞掉的地方都換掉。」

換過天花板，晃司不再恐懼。大概是天花板看起來不一樣，他也長大了吧。

晃司忽然覺得，或許就是這樣。小時候認爲有什麼躲在天花板裡盯著他，長大就忘得一乾二淨。說不定母親是走到人生的折返點，逐漸回到懼怕天花板的孩提時代。

如果會害怕，暫時和我們一起睡吧——晃司剛想這麼提議，頭上傳來微弱的「咻」一聲。像是短促的口哨，也像鳥叫。

晃司抬起頭，母親不禁倒抽一口氣。

「來了……」

母親抓住晃司的胳臂。

「聽見沒……你聽，就在正上方。」

抬頭仰望的母親畏懼得皺起臉，似乎在尋找聲源，目光忙碌地四處游移。可是，晃司什麼也沒聽見。

「蹚蹚蹚，往那邊去了。」

母親壓低音量，以視線追逐著聽不見的聲音，不停喘著氣說：

「回來了……」

母親的視線停留在頭頂的橫梁，漆黑彎曲的梁上沒有人影。只有照著床邊的立燈光芒也無法拭去的微暗凝聚。

「那人在看這邊。」

母親低喃。晃司竭力沉穩地告訴母親，沒有其他人。沒有其他人，因爲我沒看見，也沒聽到任何聲響。

母親求救般望著晃司說：

「可是，他明明在那裡。你知道吧？他在呼吸啊。」

晃司默默搖頭。

「有一股腥臭味……」

晃司沉默之際，母親雙手掩嘴，吞下像是嗚咽的呻吟，接著遮住臉。她深深吐出一口氣，抬起頭，緊盯著晃司。此刻，相較於訴說有其他人在時，她的神情更加恐懼。

「我是不是哪裡有問題……」

晃司終於明白母親最害怕的事。她訴說著「有其他人在」時，內心最深層的恐懼來源。

「不要緊，是受到鳥叫聲影響，您才會產生奇怪的聯想。」

聽到晃司這麼說，母親壓抑地啜泣。

❖

「我不能說那是幻覺，不然就太可憐了……坦白講，我已束手無策。」

聽完晃司的話，來檢查房子狀況的工務店老闆「嗯」一聲，點點頭。

「虧您還特別建議我們建造閣樓，但光是拆掉天花板似乎沒用。」

這樣啊，隈田老闆應道：

「眞奇怪，爲何會是『天花板裡』？上了年紀的婦女，居然會和老先生說一樣的話，實在是前所未聞。」

這是個晴朗的假日，晃司和隈田並肩坐在嶄新寬敞的緣廊上。改建之際，一併整理過庭院的樹木。由於想保留武家大宅的風格，仍是和風庭院，不過採光和通風都變好了。

「果然是生病了嗎？」

「雖然有人會說這是開始失智的症狀，不過我認識一個人，他完全沒有這方面的疾病。扣掉他總是堅持天花板裡有人之外，一切正常。講話有邏輯，日常生活無礙，腦袋清楚得不得了，身體也滿健康。」

「那是精神上的問題嗎？」

「或許吧。不過，這種人通常是獨自生活。」

隈田接著道：

「他有時會說，天花板裡的人下來了。」

「倒是沒聽我母親這麼提過，而且現在她改說是屋頂上的人。」

「這也十分稀奇。我朋友會說『有人下來了』。那人會趁他不在家，從天花板裡下來，藏起或移動物品。以爲那人偷偷吃掉剩下的飯菜，卻發現添了醬油。」

「添了醬油？」

朋友是這麼告訴我的，隈田苦笑道：

「當他注意到時，醬油的量增加，而且加的牌子不一樣，味道變了很麻煩。不知爲何，他並不覺得詭異。雖然嘴上抱怨醬油變味，仍拿來做菜。這究竟是什麼心理？」

眞是不可思議，晃司低喃。

母親沒說出如此不合邏輯的話，僅是傾訴著屋頂上有人。那天晚上以來，雖然不再提起，但看母親的神情就知道腳步聲沒消失。

晃司陷入沉思。「對了……」隈田將提包拉到身旁。

「其實，我是要把這個東西交給你。」

隈田取出一個布包，打開一瞧，放著老舊的瓦片。

「這個是……？」

「對，就是在你們家天花板裡發現的瓦片。」隈田苦笑著低語，「這也與天花板裡有關。」

改建工程期間，隈田他們在天花板裡找到一枚瓦片，而且是放在大梁上。當時應該已請隈田處理掉。或許是見晃司面露訝異，隈田一臉抱歉地微笑道：

「原本我打算按你的要求處理，可是我又有些在意。」

「在意？」

「我認爲這瓦片不是忘在梁上，其實是故意放在那裡。因爲這不是府上使用的瓦片，而是筒瓦，並且瓦當上有奇異的花紋，可能是有人特地拿來放的。」

晃司接過隈田遞出的瓦片。形狀像圓筒垂直切成兩半，正確地說，是像茶筒的圓筒，留下一邊的底部，然後垂直切開。一端有個半圓形的洞，另一邊則是圓形的底部，上頭有著花紋。

「眞的，這是個『水』字。」

「是吧。所以，我有些在意這瓦片的來源，詢問後得知，可能是河童寺的瓦片。」

啊，晃司嚇一跳。「老公。」端紅茶過來的梨枝，打斷兩人的談話。晃司將瓦片遞給她看。

「我還沒告訴妳，之前施工時，在梁上發現這個東西。」

「這是河童的瓦片？」

梨枝一問，逗得隈田笑出來。

「是位於寺町的河童寺。太太是從外地嫁過來的？沒去過那裡嗎？」

「沒有，那是河童的寺廟嗎？」

那是俗稱，隈田微笑回答：

「傳聞在江戶時代，偉大的上人曾在河裡看過河童玩相撲。」目睹這幕景象，上人低喃，「不知俗世的無常，實在令人哀憐。」河童誇耀自己擁有千年壽命，反問，「什麼是無常？」上人解說佛法後，河童紛紛皈依佛教。上人還替三隻頭目取戒名。爲了表示感謝，三隻頭目承諾會保護寺廟免於火災。上人則在寺裡挖池子供他們居住。

「據傳在那之後，就不再發生火災。萬一發生火災，瓦片會噴水保護寺廟。」

這樣啊，梨枝一臉稀奇地拿起瓦片。

「會不會是當成避災的守護符，向寺方討來的？雖然是初次聽聞，但或許眞的挺有效，畢竟府上似乎沒碰過火災。」

確實，這棟老房子不曾失火。因爲經過幾次改建，沒能獲得指定爲文化財，但最古老的部分建於江戶時代。

「所以，我認爲依原樣放在梁上比較妥當，才收了起來。」

「這算是吉祥物嗎？若是如此，是不是該聽從建議？」

梨枝這麼說，晃司應道：

「可是，家裡已沒有天花板，我有些擔心梁上放著重物。」

這倒也是，梨枝低語。

「我會小心放好，避免瓦片掉下來。」

隈田說完，忽然臉色一沉。

「希望你們不要嫌老人家多話——其實我很在意，所以向河童寺的住持提了這件事，但他表示沒聽過把瓦片當火災守護符的說法。」

是嗎？梨枝不禁提高聲調。晃司接著問：

「那麼，這不是火災的守護符嗎？要處理掉，是不是最好送回寺裡？」

隈田呑呑吐吐答道：

「或許吧……只是，跟我往來的年輕人商量後，他建議放回梁上。」

「年輕人？」

「他不是我店裡的職員。最近人手不足時，他會來幫忙。府上改建期間，他也來過幾次。平常是做營繕的生意，他提過……」

說到一半，隈田露出苦笑：

「不，還是算了。抱歉，鑽這種奇怪的牛角尖。」

呃……晃司夫妻面露困惑，隈田不好意思地笑道：

「木匠是很在意好壞預兆的工作。萬一處分掉這瓦片，我擔心會遭到報應。由於是特地放上去的東西，所以覺得物歸原位較妥當而已。總之，我先還給你們，請考慮一下。」

晃司暫且將瓦片放在客廳的架子上。晚飯後，母親注意到瓦片。

「那瓦片……」

嗯，晃司點點頭。隈田離開後，他和梨枝討論過，雖然有些難以釋懷，但畢竟是寺廟的瓦片，不能隨便丟棄。若是新品，還能翻過來收納一些小東西，可惜這瓦片顯然歷史悠久。他們決定暫且放在家裡，之後再想怎麼處理。實際上，晃司沒心情思考如何處理，眼下有比瓦片更嚴重的問題。

「那是天花板裡的瓦片吧。」

聽到母親這麼講，晃司不解地問：

「我告訴過您，那是從天花板裡找到的嗎？」

「還要你跟我說啊，我可是記得很清楚。那是在換屋頂時找到的吧？」

咦？晃司回頭望向母親，驚訝地猛眨眼，忽然想起——對，的確有這麼一回事。

「是那個啊……」

怎麼啦？梨枝投來疑惑的目光。

「以前換屋頂時，在天花板裡發現奇怪的東西。」

「那枚瓦片？」

「不止。」

晃司注視著瓦片。老舊的瓦片突然擁有特殊意義。

對，如同母親說的，由於下雨漏水，決定換掉屋頂。工匠剝除瓦片，因為連上夾板都損壞，便一併拆掉，於是屋頂出現一個大洞。

那天，晃司在庭院裡畫畫。這不是他的興趣，應該是在做功課。雖然是畫自己的家，不過眼前的房子架著梯子，沒有屋瓦，屋頂甚至有個大洞。如果照實畫，老師會怎麼評價？晃司暗暗想著，邊替筆下的房子補上屋瓦，當然也去掉梯子和工匠的身影。

他隨意動筆，同時觀察著工匠的作業狀況。坦白講，比起畫畫，工匠更有趣。工匠剝掉瓦片綁好，藉著附梯子的機械搬下來。露出的屋頂滿是泥土，晃司嚇一跳。鏟下泥土，切開露出的木板，再拆掉木板各處的汙黑部分，出現一個足以讓人通過的空洞。

「這裡有奇怪的東西。」過一會兒，屋頂上傳來工匠的聲音，似乎在天花板裡發現什麼。晃司看著工匠聚集，從中取出某個物品，並搬下來。那是像學校運動會丟球比賽用的籠子。

大小和運動會用的籠子差不多，不同的是有蓋子。不過，比起蓋子，不如說是底部。以圓形木板爲底，放上籠子再固定。籠子是竹編，損傷嚴重，到處都有破洞。籠子裡裝著一片筒瓦，及密封的桐木製扁盒。

這是什麼？工匠七嘴八舌討論。有人去問祖父母，但他們也不曉得有這東西。既不知道來歷，也不知道用途。儘管如此，祖父母一致認爲該放回去。可能是祖先爲了某種目的放上去，還是得維持原樣。

當時，大人決定換個新籠子。準備籠子的期間，打算先將瓦片和盒子擦乾淨，於是放在緣廊角落。不料，二姊心生好奇，撕開桐木盒的封條，打開蓋子。

哇！二姊發出驚呼，將盒子丟到庭院。老舊的盒子撞上庭院的石頭毀損。盒裡塞滿泛黃的棉花，中間凹下去的部分放著一種漆黑黏膩的乾癟物體。忽然，一陣強烈的腐臭飄散在四周。

祖父母斥責行事輕率的二姊，也責備母親教導無方。「人家以爲那是什麼的屍體嘛。」二姊哭著辯解，但祖父母不原諒她。封住木盒必定有理由，怎麼能夠隨便打開。而且二姊一丟，盒子裂開，蓋子也沒用了。收在裡面的東西失去原貌，晃司稀奇地仔細觀察，卻只看出一團漆黑。

確實，那像是小動物的屍體，與其說是屍體，更像木乃伊。只是，不帶有乾燥的質感，彷彿帶層蜜，黏黏滑滑。外表沒有羽毛、毛皮或鱗片之類。細細長長，前端分裂成數個，每個都彎曲得厲害。而且缺少或折斷某些部位，根本無法想像原來究竟是什麼形狀。

不過，依顏色、質感和惡臭推斷，應該不是好東西，甚至令人有些忌諱。以棉花包裹，放在桐木盒裡也挺奇怪，更別提還密封起來。或許是禁忌之物，才得封印。看著收藏盒子的籠子，晃司不禁聯想到鳥籠，更加深封住那東西的念頭。唯一的異質之物，是一起放進去的瓦片。

祖父母不得已，決定將那黑色物體連盒子一併燒毀。一點火就散發強烈的惡臭，像是頭髮燒焦的味道，摻雜些許腥味和腐臭。學不乖的二姊形容，宛若將腐敗的魚晒得半乾，塗上屎尿後燒掉的臭味。

如今沒有盒子，執著於以前的方法也沒用，晃司記得大人決定將剩下的瓦片按原樣放回天花板裡。可能是在晃司去上學時進行，原本放在緣廊角落的瓦片不知不覺間消失。不曉得源自哪裡的臭味，有段時間始終揮之不去，一下雨味道就變得更濃烈。

「是那個瓦片嗎……」

聽到晃司的喃喃自語，梨枝雀躍地笑道：

「燒掉的可能是河童的木乃伊，眞可惜。」

衛和夏希驚訝地睜大雙眼盯著瓦片。

晃司笑著否定，梨枝回應：

「不是和河童寺的瓦片放在一起嗎？話說回來，我之前都不知道，河童居然能防止火災。講到河童的靈驗之處，我只曉得會幫忙體力活，給人刀傷、燙傷藥之類的。」

梨枝拿起瓦片，仔細端詳。

「這一帶的河童會防止火災喔。」母親露出微笑，「聽說替河童建祠堂，並加以祭拜，便能避免火災發生。」

母親笑著繼續道：

「河童會發出『咻』的叫聲，就像阿衛吹得很差的口哨一樣，咻、咻的。」

「我才沒吹得很差。」衛表示抗議，「我很會吹口哨的。」

母親笑了，模仿帶有氣音的口哨，發出咻的一聲。現在母親經常有這種孩子氣的舉止。夏希跟著模仿，發出的聲音更接近口哨。

晃司嚇一跳，他聽過類似的聲音。

「晚上不能吹口哨。」

衛提醒妹妹，母親露出笑容。

「阿衛明明也吹了。」

「才沒有。」

「騙人，你吹了，奶奶聽得很清楚。」

「那是鳥啦。」

梨枝看著兩人逗趣的互動，開口問衛：

「晚上你聽到咻的聲音？」

衛點點頭：

「我經常聽到，那是睡昏頭的鳥在叫。」

這樣啊，梨枝覺得衛的話很有趣，於是歪著頭看著晃司。她大概想問晃司有沒有聽過，但晃司不記得聽過那種聲音——除了母親哭泣的那個夜晚之外。

咻，母親吹的口哨迴盪在挑高空間的頂端，夏希彷彿受繚繞的餘音吸引，抬起頭直盯著上方。

怎麼啦？梨枝望著夏希關切道。夏希舉起手，不怎麼靈活地扳彎小小的手指，只剩下食指豎起，指著頭頂上的橫梁。

「咦？」

晃司順著夏希指的方向望去，那裡空無一物。他輪流看著因光線不足，盤踞在橫梁上的陰影和夏希。女兒像是發現稀奇的東西，直盯著某一點。

「小夏，怎麼回事？」

梨枝一問，夏希驚訝地回頭，露出「爲什麼這麼問？」的表情。母親不安地凝視夏希，接著仰望橫梁。連衛也訝異地抬起頭。眾人一頭霧水，夏希攤開掌心，說著「掰掰」揮了揮手。

那天晚上，熟睡的晃司聽到尖叫聲，立刻從被窩彈起。他與梨枝面面相覷，慌慌張張衝出去。原來是衛哭喊著，「爸爸！媽媽！」

夫妻倆踏進孩子房裡，只見衛和夏希緊緊依偎著奶奶。衛抬頭注視上方哭泣，夏希則是一臉驚嚇。

「上面有人。」

衛一邊哭泣，一邊指著頭頂說：

「那人要來抓我！」

「你做噩夢了嗎？」

梨枝一問，衛便大喊「不是」。我們先出去吧，梨枝說著，抱起衛走出房間。夏希神情怔愣，母親攬住夏希的肩，慘白著臉仰望上方，呆立原地。

「怎麼回事？」

母親赫然回神，看向晃司。

「阿衛找我過來，說有怪東西。」

當時母親醒著。衛衝進房裡前，她依舊聽到詭異的腳步聲。母親僵硬地躺在床上，在黑暗中尋找聲源處。不久，聲音停歇，鬆一口氣的同時，又擔心會再度聽到腳步聲，無法成眠。接著，衛便來找她。

衛和夏希共用的房間，位在靠近母親房間的外側。衛帶著僵硬的表情，告訴她房裡有人。

母親跟著衛到兄妹倆的房間。爲了方便將來分爲兩間，在橫梁下設有垂壁。若有必要，可在門檻和垂壁之間加裝門窗，改變格局。不過，梁上沒有牆壁，和其他房間一樣挑高。橫梁前端是隔開孩子房間與走廊的牆壁，不過，那裡有面對佛堂的出入口，上面成了閣樓。由於佛堂是和室，裝設了天花板。晃司將天花板裡的空間，設計成可從孩子房內爬上去的閣樓。衛指著閣樓，說是有人。

衛告訴晃司，直到剛剛都有人在天花板上爬來爬去。一個宛如黑影、看不清全貌的傢伙，像壁虎般貼在天花板上，到處爬竄。那傢伙爬下來好幾次，貼在牆壁上偷窺夏希，衛枕頭一丟，就消失在閣樓。然後，衛喚醒夏希，一起去找奶奶。

聽完害怕的衛說明，母親戰戰兢兢爬上梯子，好不容易來到閣樓，千辛萬苦潛進去時，下方傳來衛的尖叫。順著天花板從閣樓出來的東西，跳下橫梁，然後朝衛伸出手。正要被抓之際，他放聲哭叫。

「我沒看見，可是聽到腳步聲了。」

母親臉色蒼白地解釋：

「不是在屋頂上，就像阿衛說的，是在家裡。那傢伙在天花板上走來走去。」

怎麼可能……晃司剛要反駁，夏希忽然吹一聲口哨。晃司驚訝望去，發現女兒笑容滿面地注視著閣樓入口。

「夏希，有誰在嗎？」

晃司一問，夏希微笑著指向閣樓：

「黑色的孩子。」

接著，如同之前，她大大攤開掌心，揮揮手說：

「掰掰。」

❖

隔天，晃司請一天假，打電話向隈田詢問，連孩子都開始說家裡有人，是不是和那瓦片有關？將瓦片放回原位，是不是有什麼特殊意義？

隈田答應晃司，中午前會過去一趟。之後，隈田依約來到晃司家，還帶著一名年輕男子。

「這是尾端。就是他建議最好把瓦片放回原位。」

年輕人向晃司道歉，「都是我多嘴，眞抱歉。」接著，他遞出名片，上頭寫著「營繕屋　苅萱」。

「爲什麼最好放回去？」梨枝緊握著名片問，「那不是防止火災的守護符嗎？」

「我不知道。」尾端露出有些困擾的表情，微笑回答，「我也不曉得那瓦片究竟有何意義。」

「那爲什麼……」

「不過，那是河童寺的瓦片。傳說發生火災時，河童寺的瓦片會噴水守護寺廟，我想應該是爲了避免火災而放在那裡。實際上，至今府上不曾發生火災，可說確實起了作用。既然如此，還是放回原位較妥當。」

「婆婆提過，有戶人家靠著祭祀河童避免火災，就是這樣嗎？」

尾端笑著點頭：

「對，我也聽過類似的事，內容大概差不多。」

「如果能避免火災當然好——但是，昨天晚上鬧成那樣，我很擔心。」梨枝交代昨晚發生的騷動後，催促晃司告訴尾端上次更換屋頂的情形。

「我不清楚有沒有關聯，不過讓人有些不舒服。破壞箱子的封印後，還燒掉裡面的東西，似乎不恰當……」

尾端陷入沉思，低聲說「或許眞的不太好」。

「所以，我想是不是不該處理掉瓦片，而是供奉在寺廟？」

梨枝一問，尾端用力搖搖頭。

「不，放回原處比較好。」

「可是……」

「剛剛您提到，聽婆婆講過祭祀河童的人家一事，方便告訴我詳情嗎？」

「不，婆婆只說有人家這麼做。」

梨枝轉頭望去，客廳的對面——小孩的房間裡，母親正在照顧衛和夏希。

「那麼，您婆婆應該是不記得了。」

尾端有些困擾地微笑：

「那本來和作祟有關。」

咦？梨枝小聲驚呼。

「一名武士失去追隨的主人，決定務農維生。」

男人捨棄武士身分，移居鄉下，在自家門前闢一塊蔬菜田。他努力適應不熟悉的耕作，日子一天天過去，終於等到收成的季節。期待著明天收成，男人卻發現田地被搞得一團亂，正值採收季節的蔬菜消失得乾乾淨淨。隔天，還是有人來偷他的蔬菜，再隔天也是如此。三、四歲孩童的腳印遍布田間，像是有一大群頑童來搗亂。

爲了抓到犯人，男人熬夜在家監視田地的動靜。到了半夜，傳來以口哨互相應和的聲音。他睜大雙眼，仔細一看，幾個小小黑影在田地裡晃盪。男人拉開備妥的弓箭，往其中一道影子放箭。伴隨一聲慘叫，黑影立刻四散逃逸。

翌日，男人到田地一看，注意到地上有飛濺的血跡。他追著滴落的血跡，發現血跡最後消失在附近的山裡。

從那之後，男人的田地沒再遭竊。然而，某天男人的房子因火災燒個精光。重建後，再度失火，接下來重建的房子還是被燒光。他擔心是有什麼作祟，和祈禱師一談，對方告訴他是遭到射殺的河童在作祟。如果不供養他殺害的河童，災難不會停止，將永遠持續下去。

「於是，他興建祭祀河童的祠堂，舉辦法會供養河童。在那之後，便沒再發生火災。如今那座祠堂仍繼續供養著河童。」

「殺死河童，然後祭祀……」

晃司憶起桐木箱裡，那個以棉花包裹的物體。黑色乾癟，發出腐臭味，二姊形容爲「晒得半乾的臭魚」。

「可是……說那是河童未免太……」

晃司苦笑著搖搖頭。

註：河童傳說中的虛構器官，傳聞被拿走就會溺水。

「我不認爲有河童。即使是眞的，也是會玩相撲或惡作劇之類，很悠閒的妖怪。」

「會拔走人的肛門球（註），是吧？」

「這麼說也對。」

尾端有些困擾地微笑：

「河童確實只是傳說中的虛構生物。不過，在這一帶的居民心中，這個虛構生物是怨靈。」

尾端的話出乎晃司意料之外，他不禁直盯著尾端。

「這一帶的傳說是，平家的落難武士逃進山中後死去，含怨而死的靈魂化成河童。畢竟是怨靈，當然會作祟。」

面對啞口無言的晃司和梨枝，尾端語帶弦外之音，溫柔地繼續道：

「所以，我認爲應該物歸原位。原本是放在籠子裡吧？那麼，一樣放在籠子裡比較好。」

「可是，」晃司不禁提高聲調，「籠子早就壞了。」

尾端微微一笑，「不管是籠子或箱子壞掉，只要將瓦片放在天花板裡就沒問題。我不曉得這麼做的意義，但既然一直沒出事，以相同狀態放回去即可。」

「這樣……就能解決怪事嗎？只要這樣就行？」

尾端瞇起雙眼，點點頭。

「大概吧。一旦那東西出來，恐怕會造成危害，才用籠子、天花板之類的關住。之後，長久以來都很安分，顯然和瓦片放在一起便不要緊。我想在閣樓裡加塊木板，放進瓦片再封閉就足夠。」

聽著尾端的話，晃司想起小時候看到的天花板縫隙。他一直覺得那裡有東西在偷窺自己，害怕得不得了。或許衛比小時候的他更怕天花板吧。晃司的恐懼沒有任何根據，衛的恐懼來自昨晚看見的景象。就算是晃司，對於僅隔著一片天花板，和可能隱身其中的不明之物對峙，也會難掩不安。

「將瓦片放在一個地方封起來，下面裝上隔音材質，做成雙層天花板如何？」尾端似乎看穿晃司的不安，「這樣一來，即使有人在收納瓦片的地方走動，你們也不會察覺腳步聲。」

聽到尾端的提議，隈田從旁插話：

（註）：河童相關傳說中虛構的人體器官。

「搭建閣樓是我提出的，實在是個餿主意。如果府上沒問題，我會負起責任處理妥當。」

梨枝驚訝地睜大雙眼，以目光詢問晃司。

「既然特地挑高，在一般高度釘上天花板未免可惜。如果將天花板釘在橫梁的位置，不僅高度夠，也不會有壓迫感。」

聽到隈田的說明，晃司心想，要是母親和衛不會感到恐懼，夏希也不再對奇怪的東西產生興趣，倒是無妨。更重要的是，母親能忘記頭頂上的異狀，找回平靜的生活。

「雖然我不太懂，不過既然兩位都這麼說，就麻煩了。」

晃司低下頭，梨枝跟著深深一鞠躬。

儘管算是大工程，但隈田和尾端處理迅速。晃司不好意思讓隈田負擔全額，最後是各付一半。看到完工的天花板隨著屋頂形狀改變高度，有些地方還裝上半透明的ＰＣ板讓光線透進屋裡，顯然花費不少心思，想必是隈田自掏腰包多下了工夫。

工程結束後，夏希不再抬頭往上看，母親也不再向晃司傾訴頭頂上方有怪東西。依母親、衛和年幼的夏希的說法，既沒聽到陌生的腳步聲，也沒瞧見奇怪的影子。

——只是，偶爾會在晚上聽到微弱的「咻」一聲。不過，那是半夢半醒的鳥發出的叫聲吧。

晃司這麼告訴自己。

雨之鈴

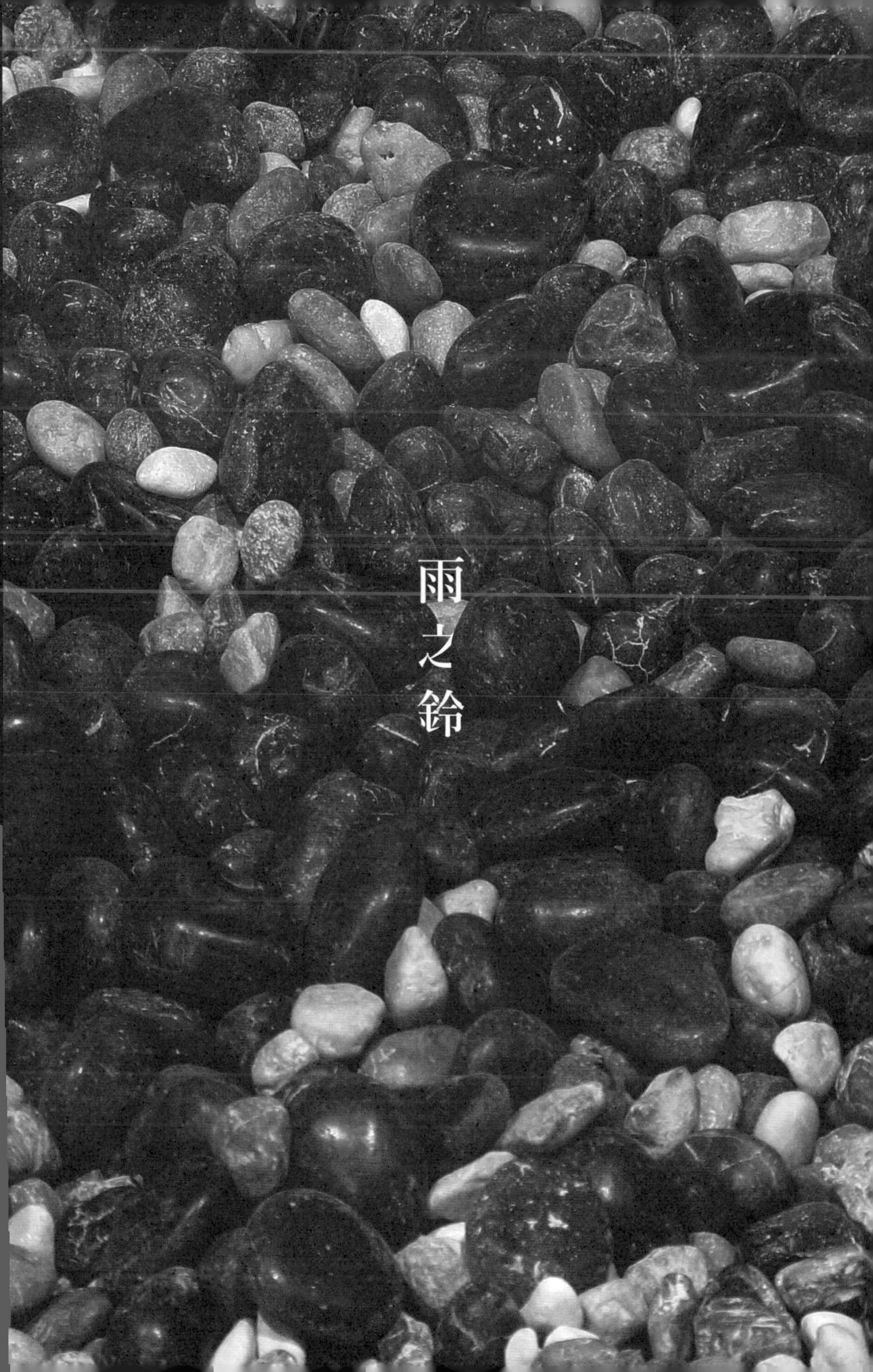

宛若白絲的雨下個不停。

寂靜的路上，滿溢著海潮聲。纖細的雨絲打在古老民家的屋頂，打在綠色庭院的樹木上。洗淨土牆上的瓦片，接著變成雨珠滴落在小巷的石板。綿延不絕的窸窣雨聲和從遠處傳來的微弱水聲，渾然形成一體，好似波浪充滿周遭。

有扶子忽然聽到啪沙一聲，抬頭一看，紅傘上落下花影。那是越過一旁土牆，伸出枝芽的夾竹桃遭雨水打落，掉在傘上的聲響吧。她環顧四周，發現腳邊的石板路也散落著白花。

——夾竹桃似乎有毒？

然而，它白得如此純淨，形狀也非常美麗。直接戴在女性的手指上，就算大了點，仍是相當有品味的戒指。七寶燒（註）的白色，以花朵的白來表現恰恰好。

若是能夠，有扶子很希望畫下來，不過撐著傘實在空不出手。有扶子停下腳步，蹲下撿起一朵花。她不曉得該把溼透的花放在哪裡，索性放在撐傘的手上。映出微紅傘影的手，貼著濡溼的白花，果然成爲漂亮的戒指。

搭配深綠色的葉子，做成別針似乎也不錯。

這是有扶子的工作。雖然尚未有稱得上藝術家的實績，但靠著七寶燒教室的講師薪

註：日本對金屬琺瑯器品的稱呼。

水，和販賣飾品的些許收入，日子還算過得去。之所以能勉強度日，是繼承祖母房子的緣故。在相當適合這座古老城下町的石板小巷盡頭，有一幢窄小的古舊木造平房。伯伯、姑姑和雙親他們繼承這幢房子，卻不曉得怎麼處理，一直放著不管，最後便交給有扶子。不需要負擔房租，實在幫了有扶子大忙。

撿起來的花，與有扶子的手指十分合襯。花蕊周圍有五枚花瓣。雖然也有複瓣的品種，不過七寶燒都是做成單瓣——有扶子默默思考，一邊走著，忽然從某處傳來「叮鈴」的清脆鈴聲。

有扶子抬頭一看，石板小路上沒有人影。這條路的寬度勉強能讓一輛車經過，兩旁綿延不斷的土牆，在前方約十公尺的地方轉了個彎。

是我聽錯了嗎？這麼一想，有扶子又聽到鈴聲。

她停下腳步，回望來時路。從大馬路轉進小巷的入口處有一道黑影，是穿黑色和服的女人。

——與其說是和服，不如說是喪服。

那女人一襲從頭到腳都是黑色的和服，搭配黑色腰帶，帶揚（註一）和帶締（註二）也是黑的，只有脖子附近的襯領與套著黑草鞋的足袋像夾竹桃一樣白。年紀約莫三十五、六歲吧。她低著頭，盤起的頭髮稍微散開，附著銀粒般的雨滴。

又是叮鈴一聲，有扶子發現女人腰際的帶締上，垂掛著一個青銅鈴鐺，有時會響起寂寞的清脆鈴聲。

既然走進這條小巷，應該是附近的哪戶人家吧。

搬進祖母的房子滿一年，有扶子還沒完全記得巷子裡的所有人家，再加上長相，就更搞不清楚了。不是所有人家的大門都面對小巷，並排的土牆半數是住戶房子的後方。大門朝著小巷的人家僅有寥寥數戶。

她是哪一家的人？哪一家在辦喪事？女人淋雨低著頭的模樣，令有扶子有些心疼。

——至少替她撐個傘吧。

有扶子默默思忖，卻嚇了一跳。女人低頭蹣跚走著——看起來像走著，可是和停下腳步的有扶子之間的距離，完全沒縮短。

有扶子望向女人腳邊——女人看似在行走。穿著白色足袋和黑色草鞋的雙腳，踩在雨水打溼的石板上前進，但絲毫沒接近有扶子。她待在小巷口的土牆旁，動也不動。

女人宛如畫在土牆上的影子，頭髮、和服明明都溼透，本身卻完全沒溼。她低頭的模樣，加上散落的頭髮，留下含憂落寞的影子，五官看不分明。

註一：用以修飾和服腰帶結的布。

註二：綁在和服腰帶上，用來固定的繩子。

唯有寂寞的鈴聲彷彿倏然想起，發出叮鈴一聲。

有扶子回過神，轉身急急走在濡溼的小巷裡。那大概是不能看的東西，雖然不曉得是什麼，但直覺告訴她不太尋常。

她迅速走到底，轉了個彎。一邊是高聳的圍牆，一邊是綿延的低矮土牆，盡頭又是一個轉角。

小巷曲曲折折。聽說，從前爲了迷惑橫越護城河入侵的敵人，刻意將城裡的道路建造得如此複雜。

有扶子小跑步抵達轉角，回頭一看，雨傘的後方沒有任何人影。霏霏細雨中，僅有轉角對面傳來清脆的鈴聲。

收傘揮落雨水時，有扶子發現一朵打溼的花掉在腳邊。

有扶子撿起花，放在手上。剛剛撿到的那一朵，似乎在匆忙之間遺落。她輕輕包住花，以另一手開鎖。一打開嵌著毛玻璃的格子門，陰暗的玄關便流瀉出古屋特有的潮溼氣味。

她走進脫鞋處，關門前再次回望。隔著狹窄的前院，可瞧見搭著窮酸屋頂的小門。

她從玻璃格子門窺看石板小巷，直接映入眼簾的轉角景色裡，沒有黑衣女人的影子，也沒聽到鈴聲，只有雨聲靜靜響著。

有扶子鬆一口氣，那究竟是什麼？

——那也是**沒有人**嗎？

從小有扶子就會看見不可思議的人影，像是存在感薄弱、僅僅沉默佇立的人。她不記得是在幾歲發現別人看不到那些人影。每當她伸出指頭說「那個人」，旁人就會說「那裡沒有人」。反覆幾次後，年幼的她理解到那是叫做「沒有人」的存在。

然而，至今為止碰到的「沒有人」，不曾如方才那樣清晰出現。有的是眼角瞄到時「存在」，仔細一瞧就消失。有的是一眨眼、一轉移視線，因某個小動作就看不見。自從有扶子得知「沒有人」這種存在，她從未誤以為「有人」，兩者根本是天差地別。

然而，她卻差點向「沒有人」搭話。

這是生平頭一遭。碰上雙重的異常狀況，有扶子有些毛骨悚然。

接觸到濡溼的空氣，有扶子身子微微一震。走進屋裡，緊接著玄關的是四張半榻榻米大的客廳，再來是兩個六張榻榻米大的房間，然後就是廚房、浴室和廁所，是一幢小房子。有扶子不清楚屋齡，只知道很長，但也沒長到能夠溯及戰前，純粹是普通的老房子罷了。

祖母過去獨自在這裡過著舒適的生活。小時候，有扶子住在隔壁鎮上，經常來玩。隨著父親調職遠方，她便不曾再造訪。之後，都是祖母到有扶子家。祖母的晚年是在醫院度過，但時間不長，因此留下的房子沒什麼損壞。雖然設備老舊，四處都會發出嘎吱嘎吱聲，不過也算符合屋齡的狀況吧。

有扶子將包包放在矮桌，步向屋內深處。相連的兩個六張榻榻米大房間外頭，有一條緣廊。她踏出緣廊，打開窗戶和遮雨板。

眼前是狹窄的庭院。在圍牆包夾下，採光不佳。淨是陰生樹的庭院對面，搭起一片貧弱的籬笆。籬笆另一邊隔著小水溝，是鄰居的圍牆。雖然平凡無奇，不過從圍牆上方可看見氣派的樹木。最氣派的是聳立在圍牆旁的老山茶樹。每逢花季，就會開滿帶著白條紋的深紅花朵。一旁垂櫻的枝芽茂盛，甚至垂落牆外。花季來臨，猶如下起櫻花雨。偶爾有孩童穿過花影底下，有扶子會很開心。籬笆另一邊的那條水溝似乎久經使用，鋪上石板，被附近的孩子們當成密道。

有扶子在緣廊坐下，拉過堆在一旁的素描簿，將包在手中的夾竹桃放在紙上。

夕陽逐漸西沉，再加上下雨，只有此處不必開燈就能看清手邊。不論多明亮的白天，一離開緣廊，便需要開燈。不知不覺間，有扶子已習慣待在這裡。有扶子拿起鉛筆，趁花朵尚未枯萎，趕緊畫下。然而，她的視線卻總盯著浮現在腦海的那個女人。

她垂落的雙手在身前交疊，深深低著頭彷彿在隱忍。

倘若她眞是「沒有人」……

那麼，讓她做喪服打扮的，會是她的什麼人？

有扶子停下筆，沉浸在思緒裡。

❖

翌日仍是雨天。如霧一般的細雨，乘著風飄落。

有扶子走出門外。那道門的寬度和小巷的寬度相同。走出格子門，左邊就是鄰居的籬笆。那原本是由石塊堆積，高度大約到膝蓋的牆，從下往上數第四個石塊起，嫁接常綠樹築起的籬笆。含著水滴的紅色嫩芽十分鮮豔，這是新的設計。去年夏天，隔壁的舊住戶搬離，之後入住的老夫婦設計這座籬笆。先前的石牆毫無特色，單單改變石牆的設計，小巷的氣氛便爲之一變。對側右手邊是向外延伸的老舊土牆，互爲對比十分美麗。

有扶子沿籬笆拐過第一個轉角。今天的雨聲依然平靜，宛如波浪聲。繼續沿籬笆前進，碰到一個只在石梯兩旁立著門柱的入口。剛要經過，迎面傳來招呼聲。

「早安。」有扶子抬傘一看，道路盡頭的一戶人家前方，有個小女孩蹲著對她微笑。那是小笹家的實乃里。實乃里的黃傘撐得極低，幾乎放在頭頂。她的腳邊散落前院紫薇樹掉下的紅花。宛如纖細剪紙工藝的紅花，點點撒在濡溼的小巷石板上。從實乃里的腳邊，到停在她身後的小型車車頂，都沐浴在紅花下，描繪出可愛的情景。

「早安。」

有扶子邊走邊回應實乃里。只見實乃里得意地攤開小手，掌心放著三朵紅花。

「好漂亮。」

聽到有扶子的稱讚，實乃里開心地笑了。伴隨實乃里「慢走」的送別聲，有扶子拐過第二個轉角，繼續走在石板路上。她沿小笹家的白色瓦頂泥牆轉彎，剛要拐過前方的轉角，聽到清脆的鈴聲。

有扶子不自主停下腳步。細雨靜靜下著，周遭一片濡溼。那高亢優美的音色彷彿要滲入雨中。

有扶子戰戰兢兢往前走。每次轉彎，都不自覺停下腳步。此時，正面的轉角有一道黑影。

——是那個女人。

她一身漆黑的喪服，沒撐傘。不過，她今天沒在走路，只站在通往大馬路前的最後一個轉角的高牆旁，兀自低著頭。

怎麼看都不像「沒有人」。灑落在黑髮與喪服上的銀色雨滴，腰帶與和服上都沒圖案，連原本該有的花紋也沒有，清一色黑。梅雨季即將結束，那一襲看起來像夏季和服。她雙手垂落在身前交疊，拿著同樣漆黑的數寄屋袋（註）——女人的模樣鮮明到看得清這些細節，有扶子怎麼瞧都覺得她是「存在」的。

只是，一道陰影落在女人的側臉，模糊了她的五官。然而，儘管她站在雨中，沾上一身雨滴，看起來也沒淋溼。

有扶子不想靠近，可是要往前走只能經過女人身旁。有扶子盡量挨向另一邊的土牆，斜拿著傘擋住視線。

走到大馬路後，有扶子回頭一看，垂著頭的背影佇立在小巷盡頭。那女人明明動也不動，卻傳來清脆的鈴聲。

註：放茶道用具的小袋。

「妳好。」

有扶子收著傘，邊打招呼，吧檯裡的千繪抬起頭。這是町屋改裝的咖啡廳，雖然空間不大，但很有品味。店主千繪和有扶子年齡相近，十個月前還一起住在小巷裡。有扶子家左側，籬笆圍起的房子就是千繪的舊家。她賣掉那幢房子，買下這棟町屋開店。

「前陣子的耳環相當受歡迎。」

有扶子在吧檯坐下，千繪便這麼告訴她。

「太好了，我還擔心有些孩子氣。」

兩人談論的是勿忘草耳環。有扶子將小巧鮮豔的藍花，做成一朵和三朵兩種款式的耳環。雖然偏少女風格，不過，她自認將勿忘草獨特又帶透明感的藍色表現得挺好。

千繪店裡有個小型的販賣空間。除了店裡的蛋糕、餅乾，也有千繪好友拿來的工藝品。有扶子在這裡寄賣首飾，幸好評價頗佳。首飾全是有扶子手工製作，數量不多，不過賣得還算不錯。

「來，這一週的份。」

千繪將信封、收據和水杯一起遞給有扶子。一看收據，三對勿忘草耳環都已賣出，有扶子非常開心。

有扶子道謝後，收下信封，從提包拿出小盒子。盒裡是兩對新耳環、一條短項鍊，還有一枚山茶花胸針。

「哇，這個好美。」千繪首先拿起胸針，「是工藝展的試做品嗎？之前妳提過要做山茶花。」

「是啊。」

那是帶有白紋的紅山茶花。有扶子以銅板切出一瓣瓣花，接著敲打出微妙的凹凸，製成七寶燒後，會組成花朵的形狀。

「好漂亮的紅色。」

「花紋還不行。」

由於是試做品，有扶子做得較小，形狀也製成胸針。她打算將工藝展用的作品，做成山茶花的實際大小。七寶燒帶有金屬感的紅色與綠色，雖然適合用來表現山茶花和葉子，不過加入花紋有些困難。

「是嗎？我覺得很棒了。」

千繪瞇起眼，注視山茶花胸針。

「和眞花差多了。」

有扶子嘆著氣，忽然響起一串鈴聲。她驚訝地回望，只見兩名客人推門進來。其中一名客人手中的鑰匙圈，掛著鈴鐺搖搖晃晃。

什麼啊，有扶子鬆一口氣。她微微苦笑，將目光轉回千繪身上，卻發現千繪睜大雙眼，一臉僵硬地盯著客人。

「怎麼回事……？」

千繪赫然回神般，注視著有扶子，擠出生硬的微笑：

「沒事，要喝咖啡嗎？」

——根本不像沒事的樣子。

有扶子離開千繪的店，前往七寶燒教室。那是市政府開辦的才藝教室，有扶子負責兩個班級。課程結束後，是一個月一次的會議，等處理完雜事，夕陽早已下山。她買好晚餐，匆匆踏上歸途。從大馬路轉進小巷前，她停下腳步，偷覷巷內情況。正面的轉角處，並沒有那女人的身影。

小巷裡的路燈稀少，有扶子不想在夜路上遇到那女人。她懷抱恐懼踏進小巷，轉彎時豎起耳朵，沒聽到鈴聲。慎重起見，她停下腳步，窺望前方狀況，到下個轉角之間，也沒那女人的蹤影。

有扶子十分喜歡土牆包圍的這條小巷，可充分感受城下町風情。兩側並排的房子都頗有歷史，高聳的樹木探出庭院，帶來四季的信息。享受著這份靜謐，她初次為小巷感到不安。住在小巷盡頭，代表她無處可逃，不能繞遠路回家。

每逢轉角，有扶子會窺探前方的狀況，要是空無一人，便鬆一口氣。她反覆著相同的舉動，回家一瞧，格子門上塞著傳閱板，還有一隻紙蝸牛，應該是實乃里送的禮物吧。不記得是什麼時候，有扶子做了一個寫著「實乃里」的胸針給她後，實乃子只要有事相求，就會給有扶子小小的回禮。

託實乃里的福，有扶子總算不再緊張兮兮。她回頭望向小巷。

漆黑小巷裡沒任何人影，只有雨水打溼的石板路靜靜延伸。

❖

三天後，再次下雨。這天從一早就下著令人憂鬱的大雨。

有扶子走出家門，轉一個彎後，接著轉兩個彎，正要走向第四個轉角時，聽到鈴聲。又來了，她暗暗想著，回頭一看，那女人的身影出現。女人拐過上次駐足的第五個轉角，朝有扶子的方向行進。

有扶子陷入強烈的不安。女人走進小巷，站在轉角，接著拐過來，往深處前進。

無可奈何，有扶子只好斜撐雨傘，遮住自己，與她擦身而過。女人一逕沉默，靜靜低著頭。那天回家途中，經過同一個地方時，女人像落在小巷的影子般，在原處走著。

有扶子再次碰到女人，是在梅雨即將結束的時候，也是雨天。離開家門，一踏進小巷，有扶子就發現女人停在第四個轉角。只見女人站在白色瓦頂泥牆旁，抵住牆壁似地垂著頭。

看來，那女人唯有雨天才會現身，而且顯然是往小巷深處前進。耗費一整天直行，到下一個雨天前就停在轉角。與其說是停下腳步，更像是牆壁擋住路。她想前進，卻被牆壁擋住，只得站在那裡。下一個雨天，她便改變方向，繼續往小巷深處前進。

一旦發現這件事，有扶子就不想在雨天出門。無論如何都得出門，她便暗自祈禱千萬別下雨。幸好雨天還沒來，梅雨季節已宣告結束。

基本上，這座城鎮算是少雨。梅雨季結束，下的都是午後雷陣雨。即使留意氣象預報，也無法確定到底會不會下雨。加上突如其來的雨，有時是傾盆大雨，有時下個兩、三滴就停歇，那女人的行動益發難以預測。時間過短，或雨量太少，女人便不會出現。

再看見女人，會發現她沒前進。此外，她似乎不會在晚上出現。雨從晚上下到早上，女人的所在地也不會有變化。

——那究竟是什麼情況？

與起居室相鄰的六張榻榻米大房間裡，有扶子坐在工作桌前，研磨山茶花的花瓣。搬過來時，有扶子在最低限度內，重新整頓這個六張榻榻米大的房間。鋪上木地板，設置流理檯方便用水，爲並排著火爐的區域貼上防火材質。用的是祖母留下，爲有扶子出嫁準備的錢。祖母過著節約的生活，默默替每個孫子存下一筆錢——她就是這種個性。

一想到這件事，有扶子就覺得自己是靠著死去的人活下來。

——這朵山茶花也一樣。

庭院對面可看見鄰家的山茶花。雖然不是祖母的所有物，但確實是祖母留給有扶子的。

豔紅花瓣的一側，有著細長的白色直條紋。經過多次錯誤的嘗試，有扶子刻意以較高的溫度燒製，再進行掐絲（註）。這是至今爲止的嘗試中，成果最好的作法。

默默工作時，會不斷想起不在的人。逝世的祖母、大學的恩師、年紀輕輕就死去的

註：將金銀或其他金屬細絲，按墨樣花紋的彎曲轉折，掐成圖案，黏焊在器物上。

朋友，以及「沒有人」。

那女人究竟要去哪裡？爲何只出現在這條小巷？

驀地，有扶子心生疑惑。那女人是最近才出現，還是……

——莫非她以前也出現過？

之所以會這麼想，是憶起千繪僵硬的神情。聽到和那女人的鈴鐺相似的聲音，千繪臉色驟變。難不成千繪聽過那個鈴聲？

畢竟這是古老的城鎮。

每戶人家都背負著各自的歷史，街道都有各自的由來。搞不好，那女人和這條小巷有某種緣分。於是，她懷抱不爲人知的情感，死後也來到這條小巷。

那女人究竟懷著怎樣的思緒？和全黑的喪服又有什麼關係？從她的髮型來看，不是太久以前的事。那女人到底是從何時起被囚禁在這條小巷？

有扶子一邊工作，一邊想像著和女人有關的種種故事。

在七寶燒課堂上，有扶子忽然想起一件事。

「渡邊太太，記得妳好像住在我家附近？」

有扶子向一名學生搭話。渡邊加代是年過五十的活潑主婦。加代拚命洗著用來當畫材的釉藥。在當成畫材前，釉藥必需經過多次清洗，去除雜質，否則顏色會變得混濁。

「對啊，老師住在小巷最裡面，離我家大概五分鐘吧。」

「那條小巷有沒有什麼傳聞？」

有扶子一問，加代拿著刮片抵住下巴，偏頭回道：

「應該沒有吧，至少我沒聽說。」

「沒和葬禮有關的嗎？」

葬禮嗎？加代倒掉畫材上層的水，加入乾淨的水仔細混合。

「像是不幸的葬禮之類的。」

這麼一提，喚醒加代的記憶。

「啊，確實有一戶人家很可憐，好像是姓佐伯。」

「咦？」

有扶子微微傾身向前。從加代嘴裡吐出的，並不是有扶子想像的浪漫悲劇。

「以前有戶大門對著小路，姓佐伯的人家。他們家不斷發生不幸，實在可憐。」

一開始是祖父去世，接著是孫子去世。

「時間離得頗近——經過三年左右，又一個孫子溺斃。然後，隔年兒子車禍喪命。」

有扶子不禁愣住。

「……四個人嗎？」

「是啊，隔了三年後，連續兩個人去世。或許是偶然吧。不過，最後只剩下祖母和媳婦。」

幾年後，加代繼續道：

「不知哪來的冒失鬼，居然搞錯對象，前往佐伯家弔唁。」

有扶子嚇一跳。

「弔唁……？」

「對。明明沒人去世，一個穿喪服的女人卻到佐伯家弔唁。佐伯家的祖母接待那個女人後，變得不太對勁。大鬧著說有人上門弔唁，自己或媳婦就要死了……由於連續發生不幸，所以很敏感吧。祖母可能是把自己逼得太緊，當天傍晚居然臥軌自殺，好可憐。」

其他學生聽到加代的話，忍不住插嘴問，「是真的嗎？」真的，加代還指出地點，是在昔日廣場附近的平交道。依學生的說法，改建成高架橋前，那裡經常發生意外和臥軌自殺。

聽著學生的討論，有扶子浮現一種想法。莫非那個女人……

「佐伯家住的是哪一幢房子？」有扶子問。

「進小巷直走，最先碰到的那一幢房子。最後，佐伯家的媳婦賣掉房子，返回娘家。買下房子的人重新翻修，改變大門方向，所以老師不知道。如今是後門對著小巷。以前後門對著的路拓寬，於是把大門改到那邊，方便車子進出。」

加代說的，是位在高牆旁、女人曾駐足的那戶人家。現在只有圍牆面對小巷，不過，以前大門是朝著小巷的。

加代壓低音量：

「若是穿喪服的人忽然上門弔唁，該說是觸霉頭嗎……會覺得是壞兆頭也不奇怪。」

有扶子只能回答，「是啊。」

那天，有扶子踏出教室時，天空漸漸變得陰沉。她加快腳步，但馬上就下起傾盆大雨。雖然帶著傘，但雨量大到光憑一支傘實在抵擋不住，只好衝進附近的書店。逃過大雨，有扶子鬆一口氣，望著模糊對面馬路景色的大雨。

——那女人會出現嗎？

有扶子第一次對那女人心生恐懼。佐伯家的人接連死去，不見得與那女人有關。然而，眞的無關嗎？

有扶子陷入沉思之際，雨勢逐漸變小。接下來，一直維持著滴滴答答的陰鬱雨勢。她無奈地步出書店，踏上歸途，走進小巷。正面望去，是在木板牆上加土牆的高聳圍牆，那是從前的佐伯家。

的確，和周圍相比，那道圍牆外觀較新。有扶子確認著圍牆的狀況，拐過一個彎，碰到盡頭又轉彎。石板小路的盡頭，是一戶有著低矮籬笆的人家。她在那裡第三次轉彎，此時傳來清脆的鈴聲。有扶子不自覺停步，抬頭一看，發現那女人佇立在前方的轉角——小笹家前。

有扶子嚇一跳。那女人對著正面的籬笆低著頭，那是千繪住過的房子。昔日小巷盡頭是停車場，停車場深處是千繪家玄關入口，然後右邊是實乃里的家。小笹家用地的界線上沒有門。塗著白漆的傳統瓦頂泥牆只到房子前方，恐怕是這幾年爲了蓋停車場，才拆掉牆壁。所以，停車場可視爲道路的延伸。要是那女人改往右，差幾步就會進到實乃里家占地內。

有扶子移不開目光，緊盯那低著頭的背影半晌。女人淋著雨，卻一直待在那裡。白色雨滴在黑髮和黑衣上閃爍光芒。

有扶子下定決心，邁出腳步。那女人動也不動，兀自面向牆壁，佇立原地。

經過那女人背後時，有扶子再度聽到鈴聲。

❖

兩天後，一過中午又下起驟雨。有扶子在家裡看著大雨。雨勢大到彷彿要沖刷掉庭院蓊鬱樹木的翠綠。雨勢稍稍趨緩，隨即增強，如此反覆下到將近傍晚。有扶子坐立難安，在小雨中走進小巷。拐過第一個轉角前，再度聽見清晰得駭人的清脆鈴聲。

——來了。

有扶子戰戰兢兢窺望轉角另一頭，一道黑色身影出現在實乃里的家前方。

那女人沒找上小笹家，而是朝著小巷深處前進。這樣一來，到下一個雨天，就會抵達轉角，女人會在那裡改變方向。再下一個雨天，她便會前往有扶子家。

——然後呢？

等她抵達小巷盡頭，究竟會發生什麼事？

煩惱到最後，隔天，有扶子前往千繪的店。推開大門時，千繪發現是有扶子，神情有些意外。這天並不是有扶子每週固定造訪的日子。

「怎麼啦？要買東西嗎？」

千繪笑著端出水杯。店裡空蕩蕩，有扶子知道這個時間帶客人最少。

「千繪，穿喪服的女人是怎麼回事？」

有扶子一開口，千繪驚訝地看著她。她神情僵硬地緊盯有扶子半晌，才勉強露出笑容。

「妳在說什麼？」

「我是指和式喪服。這個季節穿著有內襯的和服，下雨也不撐傘，不是很奇怪嗎？」

千繪全身僵硬，她果然知道那女人。

「腰帶上繫著音色清亮的鈴鐺。」

「她去了嗎……」

千繪的話聲顫抖，臉色蒼白如紙。

「嗯？」

有扶子故意反問，千繪越過吧檯抓住有扶子的手。

「她去了嗎？去妳家了嗎？」

沒有，有扶子搖搖頭。

「我看見了，在小笹家前面。」

千繪低喃著，怎麼會……

「那是怎麼回事？妳知道吧？」

千繪注視有扶子片刻，嘆一口氣。

「我想……應該是那個女人。」

那是千繪中學二年級時的事。

一樣是雨天，千繪獨自在家。聽著陰鬱的雨聲時，玄關忽然響起開門聲。她以爲是外出購物的母親回來，卻聽到清脆的鈴聲。她訝異地走到玄關一看，發現一個黑衣女人站在脫鞋處。

女人一襲和式喪服，髮梢和喪服都沾上雨滴。垂落的雙手愼重在身前交疊，拿著黑色數寄屋袋。

千繪開口詢問她的身分前，低著頭的女人很有教養地鞠躬，從帶締垂下的鈴鐺發出聲響。

「請節哀順變。」

女人口齒清晰地說。千繪無法理解女人的來意，當場愣住。女人低著頭從數寄屋袋取出白色信封——單純以和紙摺起，沒綁上水引（註）。女人略微屈膝，熟練地將信封放在玄關地板邊緣，又行一禮後，便消失蹤影，僅迴盪著清脆的鈴聲。

騙人！千繪忍不住驚呼。玄關已空無一人，她慌慌張張下到脫鞋處，打開大門往外看，依然找不到剛剛的女人。她狼狽回頭，只見白色信封留在玄關地板邊緣。

她戰戰兢兢拿起信封，不光沒繫上水引，也沒寫隻字片語。拆開一瞧，裡頭什麼都沒有……

「等母親回來，我立刻告訴她，還拿信封給她看。她當場臉色大變。」

千繪往兩個杯子裡倒咖啡。

「晚上，父親回家後，母親提起這件事。他們在玄關低聲交談，似乎不想讓我聽見。」

可是，千繪十分在意父母的動靜，躲在一旁窺望。她沒聽清楚父母的談話內容，只確定提到「佐伯家」。

「佐伯就是……」

「我聽說了，就是第一個轉角的房子，對不對？」

對，千繪深深嘆氣，將咖啡遞給有扶子。

「不斷發生不幸的那戶人家——我實在不喜歡。光是穿喪服的女人上門弔唁就夠詭異了，何況在我看來，佐伯家非常不吉利。所以，我直覺接下來會發生壞事。」

結果，千繪低語：

「隔天，父親便去世了。」

千繪的父親碰上車禍。

「喪禮結束後，我問母親那女人究竟是誰，她始終不肯說。直到父親第七年的法事，她才告訴我。」

千繪沉默半晌，一臉迷茫地盯著手中那杯咖啡。

「那女人也出現在佐伯家。伯母告訴我母親，有個穿喪服的女人上門，感覺很不舒

註：綁在紅包或白包上的裝飾。

服。家裡明明沒喪事，那女人卻來弔唁，還放下白包。佐伯家的奶奶得知後，腦袋陷入混亂，伯母非常擔心她會倒下。」

「該不會……」

有扶子低喃，千繪頷首：

「隔天，伯父就去世了。」

果然是預兆，有扶子心想。那女人是死亡的前兆——

「前一年孫子剛去世。之後，過了五、六年左右，換成奶奶……」

「這我也聽說了，那個穿喪服的女人還是找上門。」

千繪點點頭。

「雖然附近鄰居都說弄錯拜訪對象……」

佐伯家的媳婦出門，剩老太太在家，接著那女人出現。老太太心知自己或媳婦的性命只到隔天爲止，她也這麼告訴周遭的人。或許是無法等到最後，於是自行決定死期——或者，是犧牲自己保護媳婦。

「然後，去年……」

千繪說到一半，有扶子終於反應過來。沒錯，千繪的母親去年離世——

「怎麼可能……」

有扶子脫口而出，千繪搖搖頭：

「那是個雨天，我待在二樓的房間。窗外傳來一陣鈴聲，我立刻聯想到那女人，連忙衝到玄關，發現母親抓著信封癱坐在脫鞋處。」

當天晚上，母女相擁度過。她們雙手交握，發誓明天絕不出門。

「可是根本沒用，母親突然變得很痛苦。」

母親倒在千繪懷中。雖然馬上叫救護車，還是來不及。母親心肌梗塞逝世。

千繪陷入苦惱。

「我太害怕了，那房子不能住人——雖然是老套的說法，但眞的是非常恐怖的一晚。隔天，我和母親其中一人就會死掉。」

千繪不禁覺得，那條小巷遭到詛咒。在她眼中，那女人不是預兆，而是死神。

「不曉得我爲何會這麼想，但可確定一點，那女人總有一天會再出現。」

所以，千繪賣掉房子，搬出小巷。

這也沒辦法，有扶子想著，忽然心生疑惑。千繪搬走後，舊房子裡住著別人。那女人要去千繪家？還是，要去位在那裡的建築物？

如果是後者……

有扶子腦海浮現一對安穩的老夫婦。昨天，女人造訪了那棟房子嗎？那麼，今天那對感情融洽的老夫婦，其中一人將會……

想到這裡，有扶子感到不太對勁。那女人一定會在轉角停下腳步，看起來像是想前進，卻無法前進，所以在思考如何行進。而後，她沿小巷改變方向，筆直前進到下一個轉角。明明沒撞上牆壁，卻改變方向，有扶子頗爲意外。

「欸，佐伯家的大門原本在哪裡？」

千繪一臉詫異，回答：

「在巷底，一走進巷子，馬上就會碰到。」

「路的正面？」

「對。正確來說，佐伯家沒有大門，和我們家一樣，是用往側邊拉開的鐵門隔開道路。對著巷子的這一面是停車場，往裡走是玄關——怎麼了嗎？」

有扶子從頭向千繪解釋，包含第一次撞見女人的日子，和之後她的行進方向。

「那女人該不會只能往前直走吧？她走進小巷，直線前行，就會碰到以前佐伯家的大門，才會進到佐伯家。」

方向。

然而，佐伯家經過改建，大門的位置更動，巷底只剩下牆壁，女人或許是因此改變方向。

「可是……接下來怎麼會是我家？我家和佐伯家之間還有其他住戶啊。」

面對千繪的疑問，有扶子點點頭。那女人在佐伯家的轉角改變方向，直線前進遇到下一個轉角，又改變方向。抵達下一個轉角途中，雖然有其他住戶設置大門，但女人只能直線前進，便視若無睹。到了下一個轉角，女人改變方向，再度前進，盡頭是一棟面朝小巷的房子。然而，這棟房子的大門也是在道路旁。女人走到巷底，那裡是小笹家。可是，小笹家的入口在道路旁，不在女人的正面。正面是千繪舊家的大門。

「這麼一想，佐伯家之後，接下來便是千繪家。」

「是嗎？」千繪鬆一口氣般低喃，「那麼，在我之後住進去的人……」

「應該沒事，畢竟大門已沒正對著道路。」

要是如同有扶子的推測，那女人會經過老夫婦的家。下一個雨天，她會停在第一個轉角，然後改變方向，接著——

「她會直接來到我家。」

千繪發出短促的驚叫，狼狽地說：

「有扶子，妳得馬上搬家。」

「沒辦法。」

「可是……」

有扶子嘆一口氣。

「其實，我考慮過很多次。可是，如果搬出去，我就沒辦法過日子了。」

不管怎麼想，有扶子都覺得只要搬家就無法生活。如果搬到能夠負擔的公寓，便無法工作。這是由於沒有工作所需的爐子和藥品，及最重要的水源。

聽完有扶子的解釋，千繪勸道：

「這可是生死關頭啊，乾脆賣掉房子吧？」

「根本來不及。」

「那麼，下次的雨天，妳不要待在家裡。」

有扶子陷入沉思。如果家裡沒人，那女人會怎麼做？放棄拜訪，或擅自進屋放下白包？

「千繪，那女人去妳家時，大門是鎖上的嗎？」

回憶片刻，千繪回答：

「記得是鎖上的。自從那女人在我中學時造訪，母親變得很神經質。」

一旦關上大門，一定要上鎖，這是千繪家的規矩。

「那麼，根本無法將她拒之門外。她會擅自闖入，不是嗎？」

若是這樣……千繪幾近崩潰地大喊：

「把門塞住吧。」

千繪說著，得意地用力點頭。

「沒錯，把門塞住就好。」

「我家大門恰巧與巷子同寬，塞住就不能進出。」

「那女人不是雨天才會出現？等下一個雨天結束爲止，把門塞住，去別的地方就行。來我家吧，這樣……」

原來還有這一招，有扶子暗想。只要以木板或別的物品塞住門，巷底就會變成牆壁，那女人便得停住。等到下一個雨天，她只能改變方向。

想到這裡，有扶子驚覺一事。

「行不通的。」

見千繪一臉疑惑，有扶子應道：

「這麼一來，妳覺得女人會怎樣？」

如果她改變路線，折回反方向呢？由於走到死巷，轉身走回來時路，不久就會碰到實乃里的家——這次是從正面。

千繪無聲倒抽一口氣。

下一個雨天是在隔週。有扶子戰戰兢兢走到屋外，從格子門的縫隙窺探小巷。清脆的鈴聲傳來，她看見女人佇立在面對自家的轉角。

——我的推測果然沒錯。

有扶子雙腿發軟，回到屋內。明知毫無意義，她仍上了鎖。

那女人朝著家裡來。下一個雨天，她就會到這棟房子。然後，隔天有扶子……

回到房裡，有扶子打電話給千繪。可是，不論手機或店裡的電話，千繪都沒接。

——今天明明不是公休。

有扶子不得已，只好留言給千繪。

「她果然朝著我家來了。」

有扶子沒恐懼到哭天搶地，只是害怕得坐立難安。

❖

翌日，門外的聲響吵醒有扶子。

起床後腰痠背痛，八成是趴在工作桌上睡著。察覺這一點，她迅速望向緣廊。外頭豔陽高照，夏天的太陽投下炙熱的光線。

有扶子嘆一口氣。

天空晴朗明亮。昨晚的天氣預報顯示降雨機率爲百分之十，看來是準確的。觀察窗外的狀況時，玄關傳來敲門聲。有扶子赫然回神，急忙走到玄關。

一開門，千繪出現在眼前。

「我聽到妳的留言……」

千繪表情僵硬。

「抱歉，打了那麼無聊的電話。」

「什麼無聊，那是大事啊。」

泫然欲泣的千繪身後，有個年輕男子。見有扶子一臉訝異，他瞇起小眼睛，露出笑容，殷勤地行一禮。

「眞對不起，昨天我沒接電話，妳一定很害怕吧。因爲我一直在找人。」

「找人？」

有扶子輪流望著千繪和男人。

「我在找他──尾端先生。」

聽到千繪的介紹後，男人再度行禮，說著「妳好」，遞出名片。上頭寫著「營繕屋苅萱」。

「營繕……？」

尾端笑著回答：

「是的。方便讓我拜見府上嗎？」

從大門、玄關到狹窄的前院，尾端仔細看過一遍。接著，他走向緣廊旁的庭院。檢視籬笆，凝神觀察籬笆另一邊，他繞了庭院一圈。

有扶子不知該做什麼，和千繪一起坐在緣廊。

「是我的錯……」千繪低語，「都怪我搬家，新入住的人才會改建牆壁，害妳碰到這種事。」

有扶子搖搖頭。

「不，這不是妳的錯。」

「我或許沒有直接的責任，但確實是因爲我的決定，事態才發生變化。如果是這樣……」

千繪把接下來的話吞了回去。

「由於是我的錯，我一定得設法補救。」

下一個雨天，女人就會抵達有扶子家。不管她是會在那天進到有扶子家，或是再下一個雨天，總之有扶子需要幫助。於是，千繪四處尋找可幫忙的人。

「那麼，妳找到了……他？」

有扶子輕聲問。尾端繞庭院一圈，剛要走回來。他穿T恤和牛仔褲，看上去就是隨處可見的年輕男子，不像能夠處理這種異常狀況的模樣。

「我找不到其他人。不過，介紹他給我的人，非常信賴他……」

千繪對著走向緣廊的尾端問：

「如何？」

「眞的是死巷。」尾端開朗地回答，「根本沒地方可去，實在厲害。」

這句話聽在有扶子耳裡，等於宣告「無處可逃」。

「確實如同您的描述。」

「那女人是什麼來歷？」有扶子問。

「我不知道。」尾端回答。

「那女人上門，就會有人死掉吧？」

「依我聽到的內容，似乎是如此。只是，究竟是有人死掉，那女人才上門？還是那女人上門，才有人死掉？我並不清楚。不過，我想就是有『魔』吧。」

「是指魔物嗎？」

有扶子不禁失笑，尾端卻認眞地點點頭。

「原本不該在道路盡頭設置大門的。」

咦？有扶子和千繪頗爲驚訝。

「因爲會招來魔。這種狀況稱作『路衝』，在風水上是不好的。自古以來，將門開在其他地方是常識。從前這條小巷應該也遵守此一原則。路的盡頭會出現住家大門，可能是居民開始有車的緣故。這條路十分狹窄，在路的延長線上設置停車場，車子較方便出入。」

「的確是如此……」千繪低語，「在路的盡頭設置入口的住戶，家裡都有停車場……」

尾端點點頭。

「那女人僅在雨天的白晝出現，而且只能直線前進，碰到盡頭便改變方向，最後會抵達這裡的大門前。如果改變大門的位置，就能夠避開災厄。可是，府上沒有移動大門位置的空間。」

有扶子嘆一口氣。

「所以，我逃不了，是吧？還有其他方法嗎？」

「我認爲，最好的選擇就是搬家。」

有扶子沉默地搖頭，千繪插話：

「將大門改成像遮雨板那樣密不透風，行得通嗎？或者，改成嵌在圍牆裡？」

「那樣沒有意義。恐怕只要有大門，女人就會進來，無關形式。」

有扶子再度嘆氣，或許根本不該搬過來。

——腦海掠過這個念頭，她隨即在內心否定。

死去的祖母支撐著有扶子，她不打算改變想法。這麼一來，就像是命中注定一樣。

「那女人到底有何目的，又是何時開始出現？」

原本就以佐伯家爲目標？或者，是某戶大門封閉遷移，佐伯家才會遭受災厄？

「她不曾出現在其他道路上嗎？」

這個嘛……千繪歪著頭思索，尾端也說：

「我沒聽過類似的事——不過，我想到一個方法。」

有扶子抬起頭，不停眨著眼。

「方法？」

「只要能順利讓她離開這條死巷就行。」

有扶子驚訝地睜大雙眼。

「妳遇見她好幾次，卻沒發生災禍，所以，我推測只要她不能進屋，便無法帶給屋主災厄。那麼，改變她到府上的路線，讓她離開這條路，應該就能避開。」

「眞的嗎？要怎麼做？」

「在大門和玄關之間建造一道牆壁，讓那女人改變方向。」尾端望向院子另一邊的籬笆，「然後，就能引導她到鄰家之間的水溝。」

「水溝？」

「覆著水溝蓋，可當成道路。雖然狹窄，勉強可通行。不論走左邊或右邊，都能接上別的道路，符合通行道路的條件。」

只是……尾端繼續道：

「這樣一來，妳得忍耐那女人穿過院子。」

有扶子雙手交握，回答：

「沒關係。」

「搞不好，那女人接下來也會不斷徘徊。那麼，她就會不停穿過這裡。」

如果只是穿過，和「沒有人」是一樣的。

「我想沒問題的。」

聽到有扶子這麼說，尾端笑道：

「那我立刻處理。」

麻煩你了。有扶子這才發現存款根本不夠支付工程費用。

「呃……非常抱歉，我可以分期付款嗎？」

尾端偏著頭，望向千繪：

「我已備妥材料和人手，也收到費用了。」

「這怎麼行……」

有扶子欲言又止，千繪搖搖頭。

「不是說過嗎？是我讓狀況改變的，從這個角度來看，原因出在我身上。」

「可是……」

千繪微微一笑：

「若是妳很在意，就把製作中的山茶花給我吧。等展覽結束，就讓給我。」

「這樣是不夠的。」

千繪再次搖頭。

「只要有扶子能成爲著名的七寶燒設計師就好——到時，那枚山茶花便是我的傳家之寶。」

當天晚上，大門內側已築起一道圍牆，分隔大門和玄關，往鄰家的方向拐了個彎。尾端拆掉了一部分和水溝之間的籬笆，做出小木門。

由於沒時間進行眞正的基礎工程，無法蓋出足夠遮蔽視野高度的圍牆。不過，尾端仍在籬笆中段立起高度尚可的門柱，及用低矮竹子組成的門，門牌也移到新的門柱上。

過了兩天後，又是雨天。在家中製作花瓣的有扶子，聽見屋外傳來鈴聲，仍感到恐懼。不過，等到太陽下山，也沒任何人上門。

有扶子終於鬆一口氣，再度專注進行手邊的工作。幾天後，好不容易做出符合想像的花紋時，清脆的鈴聲再度傳來，她才發現外頭在下雨。

有扶子停下手，步出緣廊，望著雨水打溼的庭院，及分隔庭院的圍牆。圍牆彼端，黑衣女人行走著，而後垂首佇立在新大門稍微前面一點的地方。

——明明很恐怖，卻不知爲何看起來有些哀傷。

銀色雨滴散落在黑衣上，從斜後方窺見的白皙頸子非常美麗。

下一個雨天，那女人從庭院後方的木門離開，在隔壁鄰居的圍牆前駐足。再下一個雨天，有扶子聽到寂寞的鈴聲，但已無法從家裡看見女人的身影。

——她究竟往哪裡去了？有扶子也不知道。

異形之人

「動作快一點。」

廚房傳來母親的催促，眞菜香關掉吹風機。

眞菜香的頭髮有自然卷，一旦睡亂就很難整理。

「好醜……」

耳旁的頭髮蓬得頗怪，益發襯出她的圓臉，和中學制服的海軍領根本不搭。

「現在還有誰穿水手服啊？」

她對著鏡子自言自語，不死心地拉著臉頰旁的頭髮。如果能洗頭，早就整理妥當，可是在剛搬來的房子裡，沒辦法簡單沖澡。這棟古老的鄉下房子，只有舊式燒熱水的浴缸。如果不燒熱水，就不能洗澡。轉水龍頭出來的只有自來水，而且洗臉處也沒有熱水。

說起來，這根本不能叫洗臉處吧——眞菜香這麼想著，瞥周圍一眼。

這裡位在昏暗走廊的盡頭，只有鏡子和洗臉檯。旁邊是浴室，所以拉上門簾後，狹窄的空間便成爲脫衣服的地方。

算了，眞菜香放棄和頭髮奮戰。反正在學校又會翹得亂七八糟。

由於父親工作的關係，眞香菜不得不跟著在九月搬家。搬到這座沒有朋友，無聊又不便的鄉下小鎮。陰暗老舊的房子、土氣的制服，還得在海風直吹的路上走二十分鐘，才能抵達學校。

「小靜她們家就是爸爸單身赴任。」

朋友變成和媽媽一起住。她說就像是和好友同居，非常快樂。

眞菜香當然不是討厭父親。她覺得父親與其不在家，還是在家比較好。但她不認爲自己和母親是好友，更別提討厭的弟弟。況且，父親不是調職，而是繼承祖父遺留的會計事務所，才搬回老家。只去不回，不得不搬家——眞菜香明白這是沒辦法的。可是，父母完全沒跟她商量，忽然宣布要搬回鄉下，眞菜香到現在都還很生氣。

哼，眞菜香瞥了鏡中的自己一眼，轉過身，穿過發出嘰嘰聲的走廊，前往廚房——然後，她驚訝地停下腳步。

浴室隔壁的佛堂裡有個老人。

那是六張榻榻米大的陰暗房間。裡頭只設佛壇，母親早晚會去開關遮雨窗，除了爲佛壇上香之外，平常誰都不會進去。然而，裡頭竟有個老人。

「你是誰？」

眞菜香不由得提高話聲，至少家庭成員中沒有老人。

朝佛壇伸出手的老人抬起臉，回望眞菜香。

那是個光禿的頭頂冒著幾撮白髮，瘦巴巴的老人。明明是冬天，卻穿著骯髒的工作褲和一件背心。一個最中（註）從他宛如枯枝的指間落下，掉在榻榻米上。

又來了，眞菜香心想。

「老爺爺，你到底是誰？」

聽到眞菜香的質問，老人畏縮轉身，慌慌張張從敞開落地窗的緣廊跑到庭院。

「眞是不敢相信……」

眞菜香喃喃抱怨，走到緣廊關上落地窗。

——又是那個老爺爺。

眞菜香一肚子火，粗魯地鎖上窗戶，忿忿步向廚房，大聲說道：

「媽，那個不認識的老爺爺又跑進來了！」

面對流理檯的母親，和在一旁的小餐桌吃早飯的弟弟，驚訝地回頭看著眞菜香。

「怎麼回事？」

母親雙眼圓睜。

「佛堂裡有個不認識的老爺爺，所以我才叫妳門窗要關好啊！」

註：餅皮包餡的日式甜點。

「老爺爺？妳是指前野爺爺嗎？」

不是啦，眞菜香否定。

住在斜對面的前野，據說是這棟房子原來的屋主。由於搬去和兒子夫妻一起住，便賣掉房子，所以根本是不相干的外人。不過是前屋主，前野卻一副自以爲是親戚的嘴臉，大搖大擺出入家裡，還隨便進到庭院整理樹木——父母都允許前野這麼做。明明不是自己的祖父，也不是眞菜香的祖父，居然喚他「爺爺」，甚至開心地表示「太好了，連庭院的樹木都幫忙整理。」

「不，是我之前提過的人。」

前幾天傍晚，眞菜香想喝牛奶，走到廚房，卻發現有個不認識的老人。那個老人穿著工作褲和背心。

只見老人面對餐桌，拿著眞菜香的便當盒。那是放學回來後，眞菜香放在桌上的。老人解開包巾，像是要確認便當菜色，連蓋子都打開了。

「這次居然偷拿供品，實在低級！」

哎呀，母親高聲問：

「如果不是前野爺爺，會是誰呢？」

不曉得有什麼事？母親始終非常悠哉。

「不是那個問題吧。家裡有不認識的人出入，不是很奇怪嗎？」

聽到眞菜香這麼說，母親笑著回答：

「又不是在都市。」

弟弟裕彌本來驚訝地睜大雙眼，看著臉色驟變的眞菜香，此時竊笑著告訴母親：

「昨天我去小勝的奶奶家。」

眞的嗎？母親望向裕彌。

「小勝說『一起來喝果汁吧』，我們就進去開冰箱拿果汁了。」

身爲小學生的弟弟，搬來不到一個月，已摸清這座小鎮的狀況，也交到朋友。經過兩個月，人際關係仍不斷擴大。

「然後，小勝上廁所時，奶奶恰巧回來。看到我和小笹，她嚇一跳，問我們是哪家的小孩。」

裕彌爽朗大笑。聽到這件在眞菜香眼中不可置信的事，母親也開朗笑道：

「有沒有好好打招呼？」

「當然。我一說『打擾了』，小勝的奶奶就稱讚我是乖孩子。」

這樣啊，母親笑著回應。看著這樣的母親，眞菜香恨恨地吐了一口氣。
——眞不敢相信。
隨便進出別人家裡，居然還獲得屋主原諒，簡直莫名其妙。
眞菜香這麼想著，默默吃完早餐，將便當塞進書包，無言地起身。
她打開發出噪音的格子門，走出家裡，就聽到一句好像在等著她的「早安」。
仔細一瞧，隔壁家的照世蹲在院子裡。以低矮的籬笆和眞菜香家區分開來的鄰居庭院裡，有個小菜園。照世一早就在照顧蔬菜。或許總是待在室外，照世晒得頗黑，滿臉皺紋。眞菜香以爲照世的年紀很大，稱呼對方「老婆婆」，之後被母親斥責說照世還不到那種年紀。
明明就是胖老太婆，眞菜香今天早上也在心裡抱怨。誰教她沒化妝，頭上還披著銀行送的髒毛巾，沒下雨仍穿著長雨靴。
眞菜香暗暗想著，安靜點點頭。她沒停下腳步，兀自踩著石板穿過大門，走到狹窄的路上。這條狹窄的單行道，並排著許多與眞菜香家大同小異的老舊房舍。
今年年初，眞菜香的爺爺逝世。不知爲何，眞菜香幾乎沒見過爺爺。奶奶過世時，她應該出席了葬禮，但當時年紀小，完全不記得。從眞菜香主觀的角度來看，她是在爺爺葬禮時，第一次來到這座小小的城下町。

這裡是典型的歷史悠久的鄉下小鎭。有海、有城堡，還有老房子也很稀奇。眞菜香的確說過不錯，然而，那是當成旅行的感想。聽到父親要搬過來，她十分困惑。「妳不是也說不錯嗎？」父親這麼問，可是，眞菜香沒說想住下，父母卻忽然要搬家。爺爺是會計師，但伯父沒繼承爺爺的工作，所以變成由父親繼承。父親認爲爺爺留下的員工和客戶，不能放著不管。只是，眞菜香不懂，有必要特意搬回來嗎？

雖然討厭搬家，但眞菜香覺得爺爺家挺不賴。爺爺生前住在熱鬧的市區一棟剛改建好的嶄新大樓，一樓是停車場，二樓是事務所，三到五樓是住家。設備和視野都非常棒，在頂樓寬廣的陽台，還能近距離觀賞煙火，眞菜香心想住在那裡也不壞。然而，其實那是伯父爲了與爺爺同住蓋的大樓。繼承爺爺工作的父親，得從這幢老舊陰暗的房子通勤到伯父家，眞菜香認爲實在太沒道理。

換句話說，眞菜香根本不能接受這次的搬家。父母和弟弟居然毫無怨言，一下就習慣當地的生活，只有她對現況不滿，這種情形也令她不高興。尤其是在之前的學校遭到欺負、討厭上學的弟弟，一搬來就變成社交高手，不斷交到新朋友，看上去比以前快樂太多。

——唯獨自己無法融入。

眞菜香感到忿忿不平。

❖

「對了，媽媽下午都會去打工。」

三天後，母親告訴眞菜香。

晚飯的餐桌上——客廳的暖桌兼餐桌旁，不見父親的身影。剛接手爺爺的工作，父親非常忙碌。搬過來後，從清晨到深夜都待在事務所。

爲什麼？眞菜香不能理解母親的想法，於是問：

「難不成待在家裡很痛苦嗎？」

該不會是父親埋首工作的關係吧？眞菜香感到不安，母親大笑著解釋：

「哎呀，不是的。我們剛搬來，媽媽沒有朋友啊。如果出去工作，就會認識新朋友，順便賺點零用錢。」

打烊後還要留下整理，聽到母親這麼說，弟弟流露不滿的表情。一得知母親是在蛋糕店打工，弟弟便歡欣鼓舞地說，「那以後就會有多的點心了。」

「眞菜香不是也喜歡那家店的蛋糕？」

的確，眞菜香覺得那家店的蛋糕很好吃。可是，如果一天到晚吃，一定很快就膩了，而且會變胖。

更重要的是，就算回家，屋裡也空無一人。

隔天放學後，眞菜香失落地待在空蕩蕩的廚房。

弟弟的書包放在小茶几上，顯然一到家又出去玩。

「就算裕彌在家也沒差啦。」

眞菜香喃喃自語，從儲物架拿出洋芋片，往玻璃杯倒滿牛奶，放上餐桌。她忽然想起大門沒鎖，便走到玄關，從內側上鎖。

以前住在公寓時，母親總再三耳提面命，只要回家就要立刻鎖門。搬家後，眞菜香仍小心門戶，卻被說沒必要。若是家裡沒人當然會鎖門，不過，只要有人在家就不會上鎖，因爲不曉得鄰居何時會來。

傳閱板、分享食物、單純聊天，附近鄰居一天到晚上門。他們不會按門鈴，往往出聲打招呼時，便直接打開大門。嫌應門太慢，他們乾脆自行進屋。因此，只要眞菜香在客廳打瞌睡，就會挨上幾句「怎麼睡在這裡？」之類自以為是的教訓。然後，慌慌張張起身的眞菜香，除了被碎碎念「客人造訪都沒發現，萬一有奇怪的人潛入怎麼辦」，還會成爲笑柄。

哼，眞菜香瞥一眼門鎖，這樣就沒人能隨便進來。她感到神清氣爽，要是母親有異議，就說一個人在家很不安。

達成小小報復，眞菜香咀嚼著成就感步向廚房，打算將放在桌上的零食和牛奶拿到二樓時，卻愣在當場。

洋芋片的袋子打開了。

袋子被粗魯扯開，洋芋片散落在桌面，連裕彌的書包都沾上碎屑。

眞菜香環顧四周，一定又是那個老人。可是，他到底是什麼時候進來的？

狹窄的廚房裡沒有人影。流理檯旁那扇歪掉的後門已從內側上鎖。回頭望去，廚房隔壁的客廳裡空無一人。緣廊的窗戶和門都鎖著。

她窺探旁邊的走廊。陰暗的走廊上不見一人，也感覺不到人的氣息。

——明明只有短短一瞬間。

她不過是走去玄關上鎖。

眞菜香再次環顧四周，靈機一動，彎身查看當作業檯用的小桌子下，頓時與那個老人四目相對。

靠近餐具櫃的桌子底下，收著兩張小椅子。老人像塞在裡頭般，蜷身蹲著。乾燥的禿頭、布滿青筋的瘦削身體、藏汙納垢的背心、骯髒的工作褲。眼白泛黃的雙眸凝視眞菜香，缺了門牙、皺巴巴的嘴欲言又止地張開。

眞菜香發出尖叫彈起身，不斷後退。她撞到的桌子搖搖晃晃，導致裝著牛奶的杯子翻倒。白色液體在桌面流淌，從邊緣滴成一串白線。牛奶滴到老人身上，他毫不在意地爬出來，匍匐穿越廚房，逃往走廊。

眞菜香猶豫著要不要追上去，愣在原地。她首先想到的是，得清理牛奶，不然裕彌的書包會髒掉。於是，她慌忙拿起書包擦乾淨，並擦拭桌子周圍，最後才鼓起勇氣踏出走廊。

偷覷一眼，走廊上沒有人影，也沒有聲響。她左右張望，戰戰兢兢前進，確認門窗都上鎖，但遍尋不著老人的身影。只有浴室的窗戶稍微開了個縫，方便換氣通風。

愼重起見，眞菜香開窗環視四周。住家後方，唯有當成通道的後院在眼前延伸，當然沒有任何人影。

老人果然是從浴室潛入的吧？還是眞菜香放學回來時，就在家裡？

——好噁心。

等母親回家，眞菜香立刻告訴她有個神出鬼沒的老人。

「眞的是同一個人嗎？」

「絕對沒錯。」

「那他究竟有什麼事？留個紙條也好啊。」

母親狀似困擾地嘆一口氣。看到這樣的母親，眞菜香也不禁嘆氣。兩人嘆氣的原因完全不同。明明很噁心、很嚇人，母親卻無法體會她撞見老人的心情。

隔天放學後，家裡依然沒人。眞菜香原本想出門，等母親或弟弟返家再回來，可是她無處可去。雖然在之前的學校有許多朋友，在新學校卻沒遇到意氣相投的同學，根本聊不起來。眞菜香覺得和她們之間始終有道隔閡。

——話不投機啊。

以前學校的朋友身影掠過腦海，隨著一個月、兩個月過去，慢慢就疏遠了。眞菜香跟不上她們的話題，愈是和她們聊天，愈覺得自己被拋下，徒增內心的不安。

無可奈何，眞菜香打開大門。她從內側上鎖，悄悄窺望屋內狀況，並豎起耳朵。確認沒有任何人的氣息，接著確認沒有任何人影，門窗全鎖著。

——今天應該沒問題。

她暫且放下心，回到自己位在二樓的房間。換下制服後，走到廚房一看，再度愣在原地。

放著零食的櫥櫃開著，巧克力和餅乾盒丟在外面，顯然有人翻找過。她戰戰兢兢踏進廚房，腳下傳來喀嚓聲，原來是踩到餅乾碎屑。此時，她才發現地板上散落著餅乾碎屑，一直延續到走廊。

眞菜香躡手躡腳前往走廊。昏暗的走廊上看得見餅乾碎屑，她屏住氣息跟著碎片來到佛堂。從敞開的紙門窺望，她發現壁櫥前方掉著一片餅乾。

放學回來後，她立刻鎖上門，並確認家中沒有任何人，卻出現這種痕跡。

——難不成有人一直躲在家裡？

躲在這個壁櫥嗎？

眞菜香盯著老舊變色的壁櫥拉門。

可是，壁櫥應該塞滿客人用的棉被、座墊、現在用不到的電風扇、女兒節人偶等物品。

眞菜香煩惱著該怎麼辦，壓抑混亂的呼吸，然後伸出手。她把手放在拉門上，默默深呼吸。

老人蹲在壁櫥下方。

浮出骨頭的後背，越過肩膀轉過來的瘦削臉孔。凹陷的眼窩底部，眼白泛黃的雙眸圓睜，望著眞菜香。

這是什麼？

眞菜香嚇得不停後退，尖叫著連滾帶爬逃向緣廊。老人彷彿想躲在雜物的陰影中，迅速扭著身體。眞菜香一心一意要衝出家裡，雙手在身後摸索窗戶的鎖。她怕到不敢背對壁櫥，可是手腳不停發抖，無法順利解鎖。

——鎖到底在哪裡？

她語無倫次地尖叫，不停摸索。忽然，身後有人拍打窗戶。

「眞菜香！」

回頭一看，鄰家的照世在外面敲打窗戶。

眞菜香淚眼汪汪地轉向窗戶，終於成功解鎖。窗戶一開，照世立刻衝進緣廊。

「怎麼回事？」

眞菜香指著身後的壁櫥尖叫，根本說不出話。照世環抱著眞菜香，戰戰兢兢地輪流望著眞菜香和壁櫥。

「有個奇怪的老爺爺！」

照世訝異地看向壁櫥，彎身一步一步靠近。確認壁櫥內的狀況後，她疑惑地回頭，告訴眞菜香：

「沒有人哪。」

「他躲在深處！」

眞菜香喊著，於是照世重新檢查壁櫥。然而，連待在一旁的眞菜香，也看見壁櫥裡根本沒有供人躲藏的空間。

——怎麼會？

照世露出略帶困擾的微笑。

「裡頭沒人，妳是不是做噩夢？」

才不是！眞菜香大叫，衝到壁櫥旁。可是，就算這麼靠近看，還是沒有足以供孩童躲藏的空間。壁櫥裡塞著滿滿的雜物。

「那就是逃走了。」

眞菜香環顧四周，並到走廊確認，但確實沒有可疑人影。

「我也沒看到任何人。」

照世小心翼翼地說。

「在阿姨來之前就跑掉了啦。」

一定是這樣。

照世疑惑地歪著頭，走出佛堂。

我明明看見他躲進壁櫥。在阿姨來之前，我明明一直盯著壁櫥。

眞菜香號啕大哭，癱坐在原地。

照世似乎替眞菜香查看過家中狀況。返回佛堂後，她語帶抱歉，告訴眞菜香沒找到可疑的人。雖然照世嘴上說「那老爺爺八成是逃走了」，然而，眞菜香聽得出她並不這麼認爲。眞菜香心知，只要照世繞家裡一圈，就會發現那老人不可能逃走，因爲所有門窗都從內側鎖上。

總之他逃走了，妳不必害怕。照世安慰著眞菜香，到廚房泡了杯熱可可。讓眞菜香坐在暖桌前後，照世打開電視，隨口聊一些雞毛蒜皮小事。發現眞菜香始終沉默不語，照世將座墊對摺充當枕頭，要眞菜香小睡片刻。眞菜香無言地點頭躺下，儘管毫無睡意，仍閉上雙眼。一旁的照世靜靜看著電視。

❖

——太糟糕了。

眞菜香坐在房間地上，背靠著床鋪。

這是個六張榻榻米大的和室，鋪地毯再擺上床鋪。抹茶綠的牆壁到處都有油漆剝落的痕跡，整體顯得很陰暗。待在房裡雖然鬱悶，但除了發呆之外，眞菜香無事可做。如果有電視就好了，可是這個房間沒裝天線。

佛堂發生騷動那天，照世一直待到母親回家。母親看到照世十分驚訝，照世立刻拉著她消失在某處，恐怕是在告訴她來龍去脈。之後，眞菜香踏進家門就會見到照世，而且照世會待到母親回來才離開。同時，雙親對眞菜香的態度變得小心翼翼，非常不自然。

姊姊變成怪人了嗎？她聽到裕彌偷偷問母親。

——別開玩笑了。

雖然這麼想，但眞菜香也感到不安。

發生那件事後，她確認好幾次，壁櫥確實沒有供人躲藏的空間。明明老人蹲在壁櫥下方，可是那裡沒有足以蹲下的空間，更不用提躲藏。

趁著眞菜香陷入混亂，老人逃走——不可能。眞菜香雖然慌張，但始終盯著壁櫥。要是有人走出來，她肯定會知道。

那麼，眞菜香是目睹幻影嗎？

母親回來後，眞菜香想著，只要看到老人翻亂的櫥櫃就能明白。然而，那時廚房已收拾乾淨——還是，一開始就沒弄亂嗎？

眞菜香茫然思索著，樓下傳來母親到家的聲響，她正在與照世交談。

因爲覺得困窘，照世在家時，眞菜香會躲在房裡。她和照世無話可聊，要是照世來攀談也很煩悶。可是，在母親和照世眼中，眞菜香躲在房裡更令她們擔心。

那我走了。傳來照世告別的聲音，母親道謝好幾次。接著，響起上樓的腳步聲，來到眞菜香房間前，換成砰砰敲門聲。

「眞菜香，妳醒著嗎？」

是啊。眞菜香回應後，母親小心翼翼打開拉門，帶著有些困擾的笑容探進頭：

「不好意思，可以幫我打掃一下浴室嗎？」

好，眞菜香立刻回答。

——不要想太多，盡量和眞菜香自然互動比較好。照世昨天這麼告訴母親。

雖然母親和照世處處留心，可是在這棟老房子裡，什麼都聽得一清二楚。

——自然，是吧。

早知道就臭著臉回答。

母親她們總看著眞菜香的臉色行動，害她不知所措。不論做什麼都彆扭，這陣子一切都亂了套。

眞菜香跟著母親下樓。母親前往廚房，她走向浴室。先打開電燈，接著打開歪掉的玻璃門。接縫變黑的磁磚地板十分冰涼。

便宜的藍色浴缸很老舊，覆著嶄新的浴缸蓋。母親會利用剩下的洗澡水打掃和洗衣服，因此在燒洗澡水前，得放掉汙水及清理浴缸。

由於要拔掉浴缸的栓子，眞菜香用力捲起浴缸蓋，卻發現那個老人在浴缸裡。

——這是什麼情況？

浴缸十分狹窄，連眞菜香都得抱著膝蓋才能坐進去。老人縮著身子，蹲在浴缸裡。

瘦削的身體、浮現骨頭的肩膀，骯髒的背心。脖子扭曲好似折斷，凹陷的雙頰和眼窩，布滿皺紋的額頭，還有白髮少得可憐的腦袋，宛如毫無生氣的木乃伊。唯獨眼白泛黃的雙眸閃爍光芒，從浴缸蓋的陰影裡凝視眞菜香。

眞菜香放開浴缸蓋，後退一大步失去平衡，撞在玻璃門上發出巨響，無法克制的慘叫聲竄上喉頭。

她一屁股跌坐在走廊上，聽見母親叫喊著衝過來。

當母親趕到，她指著浴缸時，老人肯定已消失。眞菜香默默想著。

實際上，母親眞的趕來，詢問發生什麼事。眞菜香默默指著浴缸，母親踏進浴室掀起蓋子，疑惑地回望眞菜香。

——看吧。

「……怎麼回事？」

母親滿臉困惑，眞菜香閉口不語。

「這裡有什麼嗎？」

母親再次問道，但眞菜香沒回答。母親瞬間露出泫然欲泣的表情。

眞菜香搖搖頭站起，看著母親手邊那儲存剩下的冰冷洗澡水的浴缸。減少一半的透明洗澡水，平靜無波。

「……什麼都沒有。」

眞栞香說完，眼淚差點奪眶而出。她慌張地衝到走廊，跑向二樓。

❖

「擅自決定搬家，實在很抱歉。」

過一陣子後，父親向眞栞香道歉。

在這之前，眞栞香去過一次醫院，雙親也去了好幾趟學校和心理諮商中心。

「加上我太忙，搬回來後，也沒帶你們出去玩。」

眞栞香沉默不語。又不是搬家前，父親就會帶我們出遊，更何況我也不是還會和父母到遊樂園的年紀。而且，我能理解搬家是不得已。

「我辭掉打工了。」

聽到母親這麼說，眞栞香望著母親問：

「爲什麼？」

「實在太累，還是和妳一起悠悠哉哉待在家比較好。」

我的年紀又沒小到那種程度，眞菜香別過臉。

總之，父母認爲眞菜香的不對勁，是他們太忙、沒空照顧她造成。

——明明不是那樣。

浴缸有個老人。

浴缸裡確實有剩下的洗澡水，那種地方躲不了人。母親衝過來時，老人也眞的消失無蹤，可是，看到就是看到了。

在那之後，眞菜香總覺得老人可能藏身在任何地方，不太願意打開家裡的各種門。萬一又出現，眞的很討厭——雖然這麼想，但不可思議的是，眞菜香無法壓抑檢查各處的門是否關上的心情。唯有確認老人不存在，她才能安心。

放學回家後，眞菜香會立刻查看廁所、浴室、壁櫥。進到房間的第一件事，便是望向書桌底下。只要意識到門，一定要打開來確認。

然後，一打開，老人便眞的出現在她眼前。老人愈來愈頻繁出現，有時蜷縮在暖桌裡，有時蹲在衣櫥裡。昨天深夜，眞菜香隨意打開冰箱，老人身體折得小小的躲著。

——他根本不可能在裡面。

冰箱裡裝著架子、放有食物，根本沒有人類可藏身的空間。實際上，眞菜香撞見老人時，他折成一半的身軀塞滿冰箱。

與老人四目相對時，真菜香毫無心理準備，還是嚇一跳，不自覺發出尖叫。平常怕父母擔心，真菜香發現老人時，會盡量留意不要有太大反應。果不其然，理應熟睡的雙親馬上來到廚房。真菜香慌張地佯裝沒事，雙親仍察覺她在冰箱裡看到老人。

——認為我腦袋有問題，也是理所當然。

真菜香一點都不覺得自己奇怪。可是，要是哪天雙親或弟弟說冰箱裡有人，她應該也會要對方去看醫生。

不過，真菜香從未在同一個地方遇見老人。打開某處的門，老人出現，下次那個地方就安全了。既然如此，逐一確認家裡的各種門後，老人或許就沒有現身的空間。

——那麼，他會出現在學校嗎？

匪夷所思的是，老人不曾出現在家裡以外的地點。因此，真菜香的同學不曉得真菜香奇怪的行為。萬一在學校發生同樣的事，就是最糟糕的狀況了。

還是，這樣才是最詭異的？

「家裡採光不佳，很多設備老舊不堪，乾脆來改建一番。」

聽到父親這麼說，真菜香不自覺望向他。

「改建？要重新蓋房子嗎？」

「該說是重新蓋嗎？總之，會翻修牆壁和地板，換成全新的一體成形式衛浴。」

眞菜香的心情久違地開朗。

「我的房間會變漂亮嗎？」

「當然。妳長大了，現在的房間太糟糕。」

眞菜香滿心雀躍。父親繼續道：

「只是，施工期間得再搬家一次。不過，時間不會太久。」

「要搬去附近的公寓之類的嗎？」

「妳伯伯說，爺爺家目前空著，我們可以先住過去。妳覺得如何？」

這主意倒是不壞，眞菜香心想。那邊三樓是爺爺的住處。由於建築物本身不大，雖說是一層樓也不是太寬敞。不過，格局上有客廳、寢室、和室，還有廁所、洗臉處，及簡單的小廚房。

浴室大概要暫時向伯父家借用，從房間數來看，恐怕得和弟弟同住一段時間。

「我會忍耐。」

眞菜香回答，想起醫生曾問她是否討厭現在的家？

——我討厭那個家，老舊又陰暗。

照世認爲，眞菜香異常的舉止是受到環境突然轉變的影響。當時母親回應，畢竟連房子都完全不一樣。眞菜香沒住過如此老舊的房子，想必會對陰暗處和縫隙感到不安。雖然不是這個原因，但如果能住在全新的房子，遭到誤會也無妨。

想到這裡，眞菜安忽然心神不寧。

——萬一那個老人出現在新家呢？

那麼，或許她眞的生病了。

❖

母親雖然辭掉打工，但以討論改建爲由出門的次數卻增加。只要母親一出門，隔壁家的照世就會過來。比起母親，照世對待眞菜香的態度更爲小心翼翼，導致眞菜香怎麼都無法和照世變熟。反而是弟弟已和照世非常親近，簡直把照世當成眞正的奶奶——儘管母親說照世根本還不到那個年紀。

照世在家，眞菜香就不想待在一樓，只能窩在自己的房間。像這種假日，母親一早就出門，於是一天變得十分漫長。嘴上說著要盡量和家人在一起的父親，仍舊前往事務所工作。

眞菜香發著呆，不知不覺打起瞌睡。聽到母親在樓下呼喚，她醒了過來。

「什麼事？」

眞菜香揉著眼睛下樓一看，一個不認識的老人站在眼前。不是那個老人，而是穿著乾淨工作服的老人。

「這是工務店的隈田老闆，他想瞧瞧家裡的狀況。」

母親對眞菜香說：

「我要帶人看外面的狀況，妳可以幫忙嗎？」

順著母親的視線望去，一個年輕人待在緣廊旁的庭院，抬頭仰望房子。

「好……」

拜託妳嘍。母親吩咐完，便走向庭院。隈田脫下帽子，輕輕點了個頭。

「麻煩妳了。我想先看會用到水的地方，從浴室開始。」

眞菜香默默點頭，雙手插在開襟外套的口袋裡。

「這地板發出的聲音眞大。」

通過走廊時，隈田對眞菜香說。

「洗臉處前面的聲音更大，還有個地方一踩就會沉下去。」

「溼氣經常會造成用水的地方有所損傷。」

隈田解釋道。抵達浴室後，隈田環顧一圈，進去檢查地板。他兀自點點頭，手伸向浴缸蓋。

——以前出現過，所以此刻應該不在。

雖然這麼想，但打開的瞬間，眞菜香仍感到緊張。隈田拿下浴缸蓋，站在沖澡處的地板上，看著裝有剩下的洗澡水的浴缸。浴缸裡只有洗澡水。

「妳說那個老爺爺躲在這裡？」

隈田背對著眞菜香問，她一陣面紅耳赤。

——眞是的，媽媽幹麼告訴不認識的人。

「我只是覺得他在裡面而已。」

聽到眞菜香這麼回答，隈田「嗯」一聲，直起腰桿。他從胸前口袋取出小型手電筒，照向因爲朝北，所以顯得陰暗的浴室天花板四個角落。

「以前有個可憐的老爺爺住在這裡。」

隈田唐突地冒出一句，眞菜香直眨眼。

「和兒子一家同住是很好，但媳婦似乎不喜歡他。再加上他有些失智，反而遭到家人虐待。」

「包括他兒子嗎？」

「不管是兒子或孫子，全家都虐待老爺爺。他們擅自使用老爺爺的年金，一毛錢都不給他。既不照顧他，也不提供像樣的食物。只要老爺爺向鄰居抱怨，就對他拳打腳踢。最後，老爺爺弄壞身體去世了。」

眞菜香嚇一跳。

「在這幢房子裡嗎？」

是啊，隈田點點頭，關掉手電筒。他回望眞菜香，露出苦笑。

「聽說，臨死前他瘦得像乾枯的樹枝，可能是太餓了。」

眞菜香恍然大悟，原來那個老人並不是活人。

——所以……

「眞討厭。」理解的同時，眞菜香脫口而出。

「怎麼了？」隈田注視著她。

「我討厭有不認識的老人死在裡面的房子。」

「不論哪間房子，都一定會有人死在裡面。」

「可是……」

「並不是只要有人死去，就會鬧鬼。之前住在這裡的前野先生，便沒遇到任何怪事。老爺爺逝世後，兒子一家逃走似地搬離，前野先生只是買下房子而已。不過，他說有時供品的數目會不合。」

供品……眞菜香低喃：

「我看過那個老人在翻供品……」

這樣啊。隈田一派輕鬆地回應後，走出浴室。

「廚房是這邊嗎？」

眞菜香點點頭。

「他到處出現……」

眞菜香對著穿越陰暗走廊的隈田背影傾訴：

「大家都不相信我。爸爸、媽媽和弟弟都沒看到，只有我看到，難怪大家會覺得我很奇怪。」

或許眞的是這樣，隈田說著走進廚房。

「可是，爲什麼只有我看見？」

如果是在前野之前居住於此的老人，應該和眞菜香沒有任何關係。

「爲什麼呢……」

「他幹麼到處出現嚇我？要出來嚇人，去他兒子那裡啊。」

「情況可能相反。」

隈田查看著流理檯下方，邊回一句。眞菜香納悶地反問：

「相反？」

「老爺爺是在躲妳。」

「咦？」

「他遭受兒子和孫子粗暴的對待，很害怕年輕人，才會拚命躲藏，卻被妳發現。」

眞菜香驚訝地張開嘴。

「他有個年輕的孫女，大概是把妳和孫女的身影重疊了。」

老人蜷縮在桌子下方的身影，浮現在眞菜香腦海。那泛黃的雙眸凝視著眞菜香，這麼一提，老人從未凶惡地瞪著她。

憶起老人的眼神，眞菜香微微感到心痛。

「他們……那麼粗暴嗎？」

圓睜的雙眼，像在害怕，又像是驚詫、狼狽。

「我的確是罵了老爺爺……」

隈田疑惑地望著她。

眞菜香覺得，那是遭到欺負的被害者看著加害者的眼神——不是那個老人，而是別的老人的眼神。

剛搬來不久，眞菜香走著不習慣的路上學，不小心跌倒。她發現似乎走錯路，慌張轉身時不愼滑倒。下過雨的石板路溼漉漉，容易滑倒。有個老人向眞菜香伸出手。

沒受傷吧？老人關切道。看到老人的笑容，眞菜香一陣惱怒。

囉嗦，不要你管。眞菜香無視老人伸出的手。怎麼這麼不討人喜歡哪，老人低喃。

「所以我更生氣，嫌棄地說『髒死了，不要碰我』。」

聽到意外的發展，隈田頗感興趣。

「妳眞的這麼說啊？好厲害。」

「因爲實在很髒嘛……」

老人一手拿著鐵鍬，身穿骯髒的工作褲和皺巴巴的運動外套，脖子上圍的毛巾顏色和抹布沒兩樣。從笑著的嘴裡看見的牙齒，與其說是泛黃，根本已是褐色，伸出的手也十分骯髒，指甲縫裡都是黑色汙垢。

「當時我非常焦躁。因爲我一點都不想搬家，學校也不好玩。加上氣自己摔倒，實在太遜了。」

原來如此，隈田笑道：

「被髒兮兮的老爺爺一笑，妳就更生氣了。」

眞菜香沉默地頷首。

「那個老爺爺大概是在這附近種田吧，從事這類工作，怎麼樣都會弄髒衣服和手。」

隈田解釋完，笑著繼續說：

「到了這個年紀，就不太在意好不好看。反正都會弄髒，穿髒衣服也沒差。」

「這我知道。」

「記得妳爺爺已去世，那外公還在嗎？」

「不在了。外公和外婆都去世很久了。」

母親是獨生女，所以外公和外婆的牌位都放在佛堂。眞菜香只看過兩人的遺照。而且光看遺照，外婆比鄰家的照世年輕許多，外公甚至比父親年輕。

「妳不常和今年去世的爺爺見面吧？」

眞菜香愣了一下。

「對……」

「妳根本很少見到老人啊。老人總是滿臉皺紋，乾癟得毫無生氣，要是不常見到，的確會覺得不舒服。」

隈田朗聲大笑。

「不過就算見到，其實也是老東西了，比人類更接近妖怪哪。」

「我才沒少見到老人，這附近就有很多老人啊。」

「看到和見面是不一樣的。在路上看到、擦身而過，都僅僅是屬於背景的一部分。」

隈田接著道：

「我朋友經常抱怨，偶爾過來一趟的孫子，總會嫌爺爺家很臭，爺爺很臭很討厭。那是所謂的老人味，即使每天洗澡還是會有味道。不過，我孫子卻說那是懷念的味道，因爲他從小就跟我住。」

原來有這種事，眞菜香心想。

「當然不乏相反的狀況。我家裡有孫子，也有年輕的工人。依我的觀察，在平常接觸不到年輕人的老人眼中，年輕人和外國人沒兩樣。」

「怎麼可能？」

「這是眞的。有些年輕人會染金髮、戴耳環，不是嗎？人類對於沒看過的事物，本來就會害怕。假如一群這種打扮的年輕人出現，老人自然會擔心受到傷害。」

隈田放聲大笑後，溫柔地凝視著眞菜香說：

「大概是妳很在意自己罵了伸出援手的老爺爺，才會看到那個老人吧。」

「所以，這是我對老爺爺態度惡劣的報應嗎？」

不是這個意思，隈田解釋：

「我是說，由於妳心有愧疚，才會看到沒瞧見也無所謂的老人。」

眞菜香困惑地歪著頭，隈田有些羞赧地笑道：

「唔，這半是現學現賣、半是我的想像——總之，妳不用擔心，我們會處理。我那裡有滿了解這方面事情的年輕人，等改建完成，那個老人就不會再出現。」

半個月後，開始進行施工。全家暫時搬去爺爺家，但上下課都會經過，眞菜香還是會走過去瞧瞧。有時當她越過籬笆望著工地，隈田會讓她進屋。看著工程按部就班進行，眞菜香不禁感到安心。

去得頻繁了，偶爾會碰到住在隔壁的照世，和斜對面的前野。照世經常邀請眞菜香到家裡吃點心，一開始眞菜香沒有太大興趣，隨著天氣逐漸變冷，她愈來愈常答應照世的邀請。踏進照世家，約莫三次中會有一次碰到弟弟裕彌。弟弟似乎一天到晚往照世家跑，甚至找朋友一起。

在照世家碰到弟弟的某個傍晚，眞菜香正要帶弟弟離開時，發現工人恰恰進去工地。

天色已暗，覆蓋著建築物的塑膠布內側點起幾盞燈，隱約可見裡頭的狀況。眞菜香疑惑地觀察動靜。

兩道人影搬著一個大木箱——那是所謂的衣帽箱嗎？像是家具一樣的大箱子，兩人費很大力氣才搬進家裡。

——那個年輕人，似乎是之前在庭院的人。

之後，眞菜香看過好幾次那個人。雖然穿著工務店的外套，不過隈田稱他爲「幫手」。眞菜香沒看過另一個人。那不是工人，證據就是黑衣包裹住的微胖身軀。

——是和尚嗎？

可是，那個衣帽箱是用來做什麼？

眞菜香默默思索，邊緊盯工地的狀況。此時，弟弟拉著眞菜香的上衣，吵著要回家。

「嗯，好啦。」

「阿姨告訴我，隈田爺爺他們明天或後天就要拆掉鷹架。」

「眞的嗎？」

裕彌的情報是正確的，隔天鷹架全部拆除，露出黑白分明的外觀。又過兩週，工程終於結束。

眞菜香和母親他們一起在全新的家中探險。照世一臉理所當然地進來，顯得十分歡欣雀躍。眞菜香仔細巡過家裡一圈，沒找到那個衣帽箱，暗暗覺得不可思議。

——不是用在工程上嗎？

既然如此，爲什麼要千辛萬苦地搬進來？她詢問過隈田，但隈田只透露是基於某種原因需要。

算了，只要家裡明亮又乾淨就好。

真菜香試著打開壁櫥、衣櫃的門，到處都沒有老人的身影。

搬回來後，那個老人消失無蹤——之後，真菜香再也沒見過他。

滿潮的水井

聽到「喀鏘」像是什麼東西摔破的聲響時，正在晾衣服的麻理子停下手，回頭一看，又傳來「喀鏘」一聲。麻理子身後是待在中庭深處的丈夫和志。他蹲在地上，舉起拿著鐵鎚的手，似乎在打破腳邊的某種物品。

「怎麼回事？」

麻理子慌張地從緣廊走下中庭，穿上木屐後，趕往和志身旁。麻理子覺得東西的破裂聲像是警報，不能忽視，得盡快過去。

麻理子居住的這棟房子，屋齡超過五十年，以前屬於祖母。結婚後，雙親將這棟房子讓給她，不過屋內到處都非常陳舊，不太便利。尤其是卡在主屋和別屋（其實是儲藏室）之間的中庭，一邊是連接兩個廁所的走廊，另一邊是洗臉處和浴室，採光和通風很糟糕。在亂長一通的樹木之間，沿著踏腳石才能走到別屋。

麻理子閃躲著茂盛的樹木，步向別屋。遭左右兩邊的建築物切割開來的庭院，景色與先前大不相同。砍掉胡亂生長的黃楊、杜鵑、南天竹的樹枝後，屋內不再陰暗，雖然微不足道，但總算有陽光透進來。同時，一個紅磚砌成的西式花壇忽然出現在眼前。

和志毫不在意主屋這一側背陽處的樹木，任憑自生自滅，但別屋那一側的向陽處則整理得煥然一新。銀蓮花和瑪格麗特在紅磚花壇上盛開，踏腳石周圍鋪上草皮。對於兩者之間的落差，麻理子頗爲不滿。

兩年前，和志突然迷上庭院造景。在照護設施工作的丈夫，似乎在和老人家一起照顧花壇的期間，明白蒔花弄草的樂趣。結婚五年後，原本對庭院不屑一顧的和志，突然帶著一大堆工具回家，砍掉中庭深處的樹木，著手耕地。起初，麻理子期待庭院變得乾淨美觀，但不管經過多久，和志始終沒處理靠近主屋的部分。

——反正那邊採光不好，石頭很多又動不了。

和志這麼告訴麻理子。他老說等翻修主屋後，再來處理。麻理子不曉得和志幾時才會兌現這張支票。因此，從主屋望出去的景色，總是雜亂荒涼。

「你又在幹麼？」

麻理子小跑步來到別屋，和志抬頭望著她。只見和志手邊放著裝滿彩色裝飾砂漿的桶子，腳邊散落白色陶器的碎片。

「我想把水井裝飾得好看一點。」

和志露出毫無惡意的笑容。

「水井？」

中庭的角落，有一座從麻理子祖母那一代就不再使用的水井。事到如今，和志又想幹麼？

「我發現一堆破掉的茶碗，如果像馬賽克磚一樣貼在水井上，應該挺漂亮的。」

和志從一旁裝著茶碗、盤子的木箱裡，拉出一個白色瓶子，不加思索就要拿鐵槌敲下去。

「喂，等一下！」

麻理子不由得高聲阻止和志。那個形狀特殊的白色小瓶子，她依稀有印象。

「那不是祠堂的酒瓶嗎？」

「是啊。」

和志不禁一愣。

「眞的嗎？你幹麼這麼做？」

麻理子重新檢視木箱，赫然發現裡頭塞著祭祀時用來插楊桐的花瓶、盛鹽巴的小盤子。她驚訝地望向位在別屋左側的水井，注意到旁邊的祠堂消失不見。

「那座祠堂呢？」

「之前拆掉了，因爲整座祠堂都破破爛爛。」

怎麼這樣，麻理子咕噥。那座祠堂應該是祭祀掌管水井的神。老舊水井旁有座小祠堂，裡頭放著一套白色祭祀器具。不知何時，包含祠堂在內消失無蹤。

「那是用來祭神的，眞不敢相信你居然直接拆掉。」

「嘴上這麼說，妳不是從來沒去拜過嗎？」

麻理子無言以對。和志的指責沒錯，麻理子沒特別來拜過。

祖母很重視這座祠堂嗎？記憶所及，祖母似乎時常放著祠堂不管。實際上，祖母會照顧祠堂，但麻理子沒印象她每天都規規矩矩來祭祀。祖母逝世後，這棟房子空了三年，當然也沒人來整理祠堂。之後，麻理子結婚搬進來，但她從未打掃祠堂，更別提祭祀。

「我是上上星期拆掉的，妳花了兩星期才發現祠堂不見，還敢說什麼不敢相信。」

「那是……」

確實如此，可是——麻理子呑下到嘴邊的話。

「而且放在祠堂裡的，不就是不知哪裡買來的龍的裝飾品嗎？說是祠堂，不過是用木板做個箱子，再加上屋頂。根本算不上眞正的祠堂。」

和志這麼分析，麻理子覺得也有道理——原本她就不曉得什麼叫「眞正的祠堂」。

「那個和這邊的氣氛不是很不搭嗎？對了，我買了好東西。」

和志心情愉悅，繼續敲碎楊桐花瓶。

「好東西？」

「那邊、那邊。」

和志敲破白色小盤子，指著別屋的簷下。別屋大概是蓋來當倉庫的，是一座四面土牆，鐵皮屋頂的建築物。既沒隔間，也沒鋪地板，只有泥土地面，塞進各種新舊雜物。現在這裡成爲和志的工作室。他將原有的工具堆到屋內深處，前頭放著自製的工作桌和椅子。他似乎是在準備園藝所需的紅磚和砂漿的過程中，對ＤＩＹ產生興趣。將鐵皮屋頂換成紅色屋頂，在地面鋪上紅磚，將梁柱漆成白色後，他稱別屋爲「車庫」。一個老舊的手動式泵浦靠在車庫旁。

「我在二手工具店發現的。」

和志一臉滿足，但看起來不過是個生鏽的鐵塊。

「我在網路上找到介紹修理方法的網站，打算自行動手處理。如果能用這個把井水抽上來，就不需要用自來水澆花。」

這樣啊，麻理子頷首。要是眞能辦到，的確是幫了大忙。

「可是，那座水井還能用嗎？」

「井裡似乎還有水。」

哦？麻理子哼一聲，靠近水井。水井外側以水泥固定，但隨著時間過去，水泥處處出現裂痕。平常上頭蓋著布滿苔蘚，以快腐朽的木板與生鏽的鐵皮製成的蓋子。和志已拿下蓋子，麻理子覷向井裡，以石頭組成的圓洞底部積著水。

祖母沒使用這座水井，麻理子不曾在周遭看過水桶。祖母的確叮囑過，不能喝這座井的水。

「咦？」

和志提著裝砂漿的桶子走近，狐疑地說：

「水位降低了。之前我看到時，水位更高一點。」

「畢竟這陣子都是晴天。」

「水位會因為這樣下降嗎？」

當然不會，麻理子這麼回答，忍不住暗暗嘆氣。

雖然這陣子都是晴天，也不過就半個月。如果水位因此下降，真的能用來灑水嗎？這座水井真能派上用場嗎？麻理子不禁懷疑。

和志總是如此，心血來潮就要將和式庭院改造成西式風格，可是做到一半便撒手不管。計畫鋪紅磚開條通路，整完地後，卻嫌要撤掉踏腳石很麻煩，決定在踏腳石周圍鋪上草皮就好。不料，幾顆翻動過的石頭歪斜，反倒更難走。雖然換掉他口中的「車庫」屋頂，但只完成簡單的工程，就不再繼續。因此，這半年別屋始終在翻修中。看來應該會一直都是翻修中的狀態吧。

——確認這座水井到底能不能用後，再做也來得及吧。

無視在一旁翻白眼的麻理子，和志在水井周遭塗上鮮豔的紅褐色砂漿。拿抹刀抹平砂漿後，和志哼著歌貼上陶器碎片。

——算了，他高興就好。

至少是健全的興趣，麻理子暗自微笑。她對和志說「加油啊」，和志開朗地應聲「好」，愉快地安排白色碎片的位置。

在那之後，和志便熱中於改造水井。麻理子不清楚詳細狀況，因爲她得出門工作，而且這陣子工作忙碌，經常加班。另一方面，由於工作性質的關係，和志必須頻繁地在照護設施內值班，休息時間零碎。和志通常是趁休假日進行改造工程。如果是平日，麻理子往往不在家。偶爾兩人都休假的日子，麻理子則需把握時間處理堆積如山的家務，無法悠哉配合和志的興趣。

因此，當和志滿臉笑容地喊著「通啦」，找麻理子過去時，她才再次看到水井。

這天麻理子休假，在燙成堆的衣物時，和志興致高昂地來找她。於是，她暫且關掉熨斗，隨和志走向水井。只見水井附近煥然一新。

這個中庭角落，以往遭別屋和圍牆圍住，還總被氣色不佳的常綠樹陰影遮蔽。水井看起來隨時可能被拆除，旁邊則是破爛傾倒的祠堂，著實令人鬱悶。然而，不知何時，水井周圍的樹木被砍掉一半，其餘樹木的下方枝幹全部清除。此時，明亮的陽光穿透枝葉縫隙，灑落在水井上。水井四周經過整地，和志以紅磚和石頭圈出用水處，並種植百里香，綻放著小小花朵。水井本身則塗上嶄新的砂漿。當初裝在桶子裡的砂漿是鮮豔的紅褐色，乾燥後變成明亮的紅土色。上頭以白色和藍色陶器碎片裝飾成馬賽克花樣。和志以厚木板製作新的水井蓋，蓋子上方坐鎮著已除盡鏽斑並塗上亮麗紅漆的手動式泵浦。

「哇，好棒。」

麻理子雀躍地驚呼，和志得意洋洋地說：

「對我另眼相看了吧。」

「嗯，是該對你另眼相看——水出得來嗎？」

麻理子一問，和志壓下泵浦，清澈的井水立刻從紅色出水口湧出，注入放在用水處的馬口鐵桶。

「怎麼樣？」

「好厲害。水也很乾淨，眞意外。」

祖母告誡不能喝井水，麻理子一直以爲是井水混濁的緣故。然而，嶄新鐵桶裡的水清澈透明。水面搖晃著，反射出清爽的陽光。

「昨天剛開始使用的時候，水的確有些混濁。出水幾次後，水質便如妳所見。」和志解釋，「不過，看起來雖然乾淨，還是有細菌吧。反正車庫裡有自來水，沒必要喝井水。」

「灑在庭院裡應該沒關係。」

麻理子檢查起泵浦。紅色的泵浦十分可愛。新蓋子裝有鉸鏈，從邊緣往上提，可打開三分之一左右。冰涼的空氣從井底吹了上來。嶄新的塑膠管延伸到井底，看得見黑色積水。

「咦，水位上升了嗎？」

麻理子一問，和志跟著望向井底。

「啊，真的上升了。」

相較於麻理子之前查看時，水位上升不少，明明一直沒下過像樣的雨。

「比昨天增加許多。」

聽和志這麼說，麻理子驚訝地回頭。

「昨天的水位較低。這座井的水位會上上下下。」

「你在說什麼啊，這樣沒關係嗎？」

麻理子笑道。如果連續放晴也不會乾涸，就幫上大忙了。

「只用來澆水應該沒問題——因應夏天來臨，我打算在水井上做個pergola（藤架），可種些爬藤玫瑰。」

「玫瑰啊。」

只有中庭的這個角落和主屋的氣氛愈來愈不搭，麻理子暗暗想著，又覺得倒也不錯。

「夏天可在樹蔭下乘涼。放上長椅，用井水來冰啤酒。」

「我要放西瓜。」

遵命！和志笑著繼續汲水。閃閃發光的井水不停湧出。忽然，麻理子發現有東西和井水一起湧出。

「那是什麼？」

一道影子穿過閃亮的水流——麻理子這麼想，然而，水桶裡沒有任何東西。

「怎麼啦？」

「剛剛好像有東西跑出來。」

麻理子覺得那是魚的影子。

「小魚嗎？還是蠑螈之類？」

「不是，更大一點。像鯉魚或大鯽魚那種。」

聽著麻理子的描述，和志噗哧一笑。

「怎麼可能。就算井裡有那麼大的魚，也無法通過泵浦啊。我可是分解修理泵浦的人，聽我的準沒錯。」

是啊，麻理子低喃。況且，井裡根本不可能有魚。

「泵浦出水口只有這麼大。」和志手指彎成圓圈，「只有夜市的金魚能通過。」

「嗯，井裡沒有魚。」

「對啊，沒有。」

❖

「然後，和志耗費半個月，終於搭好pergola。」

麻理子剝著枇杷說道。什麼是pergola？父親反問。

趁著放假，麻理子回娘家一趟。母親打電話告訴她，親戚送了些蔬菜，要她回去拿。娘家在市內，從家裡徒步半小時就能抵達。

「怎麼講……就是西式的藤架。」

「和志的手眞巧。」

「最近挺有模有樣，改造水井讓他變得很有自信。」

「記得奶奶說過，那水井不能用。」母親捧著大顆的夏蜜柑。

「是不能喝吧？我知道，只會用來澆水——啊，不要再剝了。」

「哎呀，這顆長得很漂亮吧，幹麼不吃？」

「要是吃太飽，回去我會不想煮飯。」

麻理子這麼解釋，母親一臉遺憾地看著熟透的蜜柑。

「是嗎……不過，能用井水澆花也不錯。」

「很難說。水井剛弄好，馬上就進入梅雨季節，還不曉得有沒有用。」

離娘家太近，反倒不常過來。或許是覺得隨時都能見面，加上這陣子較忙碌，麻理子這次隔了兩個月。

「等到夏天就能分曉。和志是今天回來嗎？」

「對，他今天工作到傍晚，明天又是晚班。」

眞辛苦，母親這麼應著，仍剝了蜜柑。麻理子不禁苦笑，到底要怎麼讓母親理解她已吃飽？每逢過年或盂蘭盆節回老家，腸胃不好的哥哥總一臉鬱悶。姊姊則完全相反，從小就乖乖聽母親的話，老實吃飯，長大變胖不說，還不到四十歲，膝蓋早出問題。

「……對了，水井旁有座祠堂吧？」

麻理子一問，母親低喃「有嗎」，但父親給了肯定的答案。

「供奉的是水井的神明？」

「建在水井旁，應該沒錯。還留著嗎？」

承認和志拆掉祠堂有些尷尬，麻理子笑著蒙混過去。

「那座祠堂很破舊吧？記得是爺爺設置的。」

「拆掉會有什麼問題嗎？」

「無所謂吧，奶奶也沒怎麼去拜。」

果然是這樣，麻理子暗暗鬆一口氣，點點頭。雖然拆掉後再耿耿於懷也沒用，庭院有座祠堂感覺還是不太舒服。

會覺得不舒服，是成長環境的關係嗎？回家路上，麻理子思索著。

麻理子出生成長的這座城鎮，是歷史悠久的城下町。現在已和周圍的町村合併，成為中型都市，不過，麻理子的娘家和自宅都位在古老的街道上——也就是老街。或許正因如此，附近不少信仰虔誠的老人家。麻理子的雙親和祖母算是例外，但至今仍有許多人家十分重視佛壇和神壇。

——這樣也不錯，麻理子心想。

她在堤防上停下腳步。堤防外一條大河流過，回頭可望見從寬廣的河口延伸出去的平靜海面。夕陽照射下，眼前的城堡變成海面一道剪影。麻理子望著城堡拐了個彎，走下堤防。這一帶是海拔零公尺的地區。

剛下堤防，晚風就停了。走在古老民宅並立的馬路上，遠方傳來忙碌的鉦鼓聲，夏日祭典的練習似乎已開始。

雖然認爲尊敬神佛，虔誠度日是好事，然而，在繁忙的日常生活中，往往容易遺忘神佛的存在。每年，麻理子都打定主意要愼重迎接新年，可是一到年底就各種雜務纏身，成天慌慌張張，最後拿「晴天再來大掃除」、「反正要回娘家，準備年菜只會剩下」之類的當藉口，看著紅白歌唱大賽，邊寫賀年卡。

要是能夠像和志那般乾脆，該有多輕鬆。

同樣出身於這座城鎭，但和志是在新市區長大。在和志老家那一帶，與其他地方的衛星都市相差無幾。和志的雙親並不是當地人，退休後立刻搬到出生地附近的都會區。公婆的作風乾淨俐落，相處起來十分輕鬆，不過居然如此乾脆，麻理子仍不免詫異，甚至有些欣羨。她心中暗忖，在老街長大的自己，絕不可能那麼灑脫。

麻理子提著裝有娘家給的蔬菜的托特包，沿土牆前行。經過覆上石板的水溝後，出現一道老舊木門。打開進去，便是浴室和別屋之間的空地。

空地大小適中，以前祖母當成晒衣場。此處曾是燒洗澡水用的鍋爐添柴口，如今有所損傷的混凝土封起來，擺著瓦斯桶，還有一大堆木材和磚塊雜亂堆在一起。和志保證會再整理，眞不曉得哪天才會兌現。

麻理子苦笑著。暮色籠罩的中庭深處，忽然傳來啪一聲。

別屋另一邊的水井，搭配和志剛完工的全新藤架。麻理子聽到的，似乎是來自水井附近，輕輕拍打濡溼物體的聲響。以磚塊繞著水井圍出的用水處，又加上十五公分高的圓形矮牆，裡頭沒有水。那是從矮牆裡傳出的嗎？

麻理子訝異地走近。蓋好沒多久就出現苔蘚的用水處沒任何影子，周遭也以磚塊和石頭整頓過。和志利用磚塊在樹木根部圈出一個空間，種植花草。往昔在水井的一側，有一處以石頭墊高，蓋著祠堂。拆除祠堂後，只留下一個踏腳石大小的石頭，使用泵浦打水時，可踩著施力。

離開娘家前，下了場小雨，因此用水處一帶有些濡溼。看不見聲音來源留下的痕跡，只聞到微微腥臭。麻理子疑惑地環顧四周，注意到地上的羊齒草發出聲響，輕輕搖晃——那會是青蛙之類的生物嗎？

麻理子暗自揣測，轉身踩著踏腳石步向主屋，打算從洗臉處旁邊的後門進廚房。此時，背後再度傳來微弱的啪一聲。

這一年夏季，雨下得很少。此地原本就少雨，但比起往年，又下得更少。不僅如此，還非常炎熱，於是和志的水井大大派上用場。

麻理子十分擔心水井會乾涸。不過，水位雖然仍上上下下，卻不曾少到令人困擾。麻理子用井水澆花和庭院的樹木，到了傍晚，則在中庭四處灑水。這麼一來，拂過河川而來的晚風會更宜人。

「很感謝我吧。」

「感謝、感謝。」

和志一臉驕傲。博得來訪的岳父母稱讚後，他益發志得意滿，著手整頓位於主屋和別屋之間，祖母留下的晒衣場。重新鋪上混凝土，立起藤架，以塑膠波浪板搭建屋頂。於是，停在狹窄玄關的腳踏車，移到後面的木門入口。不必在意氣象報告，也能晾乾衣服。對於得出門上班的麻理子來說，眞是幫了大忙。

「要是能在庭院喝茶就更棒了。」

聽到麻理子的期望，和志蹙眉應道：

「別講得那麼簡單。妳是希望我繼續整頓中庭吧？我雖然有心，但那些踏腳石重到一種境界，我一個人搬不動。」

麻理子冷哼一聲。趁傍晚還算涼爽，她往水井的用水處矮牆坐下。和志忙碌地除著雜草。

「百里香不知何時枯掉了。」

種在井邊的百里香，初夏開完花便枯萎。

「聽說百里香撐不過夏天，花謝後我特別修剪過，看來還是不行。」

和志認為適合夏天的唐菖蒲結了花苞，卻沒綻放，就這麼枯萎。他在花壇栽種形形色色的花，但全是一副營養不良的樣子。由於花壇裡的植物都發育不良，中庭瀰漫著荒廢的氣息。

「夏天對花朵來說，真的這麼熱嗎？」

「今年更是特別熱。」

是啊，麻理子頷首，接著起身。差不多該準備晚飯了。

「啊，我媽問你盂蘭盆節能不能休假？」

和志低著頭應道：

「如果大哥要回來，我就配合他的時間休假。」

了解。得到和志的答覆，麻理子步向主屋。途中，她突然想起一件事，轉往別屋。

由於晚風吹拂和灑過水，中庭雖然涼快，但蚊子也開始出沒。她打算替和志點蚊香。

剛要踏進敞開的別屋大門，奇異的臭味迎面撲來，她不自覺摀住鼻子。

「欸，這是怎麼回事？」

麻理子呼喚和志，邊梭巡四周，但沒發現任何不對勁。

「怎麼啦？」和志悠哉的回應傳來。

「有奇怪的臭味，你沒放會臭掉的東西在別屋吧？」

屋內籠罩著令人作嘔的強烈腥臭。麻理子檢查桌椅下方，沒找到異常之處。然後，她忽然發現鋪著白色耐火磚的地面有著斑斑水漬，從門口一直延續到雜物胡亂堆積的別屋深處。

「有東西在裡頭。」

麻理子大喊，背後傳來一句，「什麼東西？」回頭一看，和志一臉驚訝地走向她。

一踏進別屋，他不禁皺眉。

「這是怎麼回事？」

「有東西跑進來。你瞧瞧，有水漬。」

和志的視線沿水漬轉向屋內深處。而後，他皺著眉檢查屋內的隱蔽處。

「什麼時候跑進來的？」

「既然殘留水漬，應該沒離開太久。」

從鋪設磚塊的地面，到和志改建一半放棄的泥土地，水痕一路延伸到屋內。深色水漬消失在紙箱之間，和志窺看紙箱縫隙。雖然搬開雜物確認狀況，但視線範圍內，沒發現可疑的動靜。

「討厭，該不會是什麼東西死在裡面吧？」

「我才覺得討厭——雜物擋住，看不清楚。」

「所以，我不是要你整理嗎……」

好啦，和志應著，再度窺看陰影處的狀況。麻理子打開電扇吹散臭味，順便點上蚊香，告訴和志「蚊香放在這邊」。狹窄的空間飄散出清爽的味道。

❖

盂蘭盆節過去，八月即將結束時，熱浪終於遠離。宛如配合夏天的腳步，中庭也有一番改變。樹葉邊緣變成褐色，似乎開始枯萎，每棵樹看起來都沒什麼精神。和志的花壇狀況更糟，大半植物枯死，剩下的衰弱得可憐。

「到底是怎麼回事？生病了嗎？」

假日的中午，麻理子端茶給和志的同時，環顧中庭問道。拜託和志種植的羅勒和紫蘇都在不知不覺間消失。

「我查過許多資料，可是找不出原因。」

和志嘗試各種在職場上打聽到的方法，卻絲毫沒改善。

一想到和志耗費那麼多心血，麻理子不禁感到不捨。見植物紛紛枯萎，她便覺得之前庭院雖然缺乏整理，至少是一片綠油油。如今到處都變成褐色，當樹葉掉落，露出光禿禿的樹枝時，中庭簡直形同廢墟。或許是植物腐爛，中庭經常飄散著一股令人厭惡的臭味，有種病厭厭的感覺。

「要不要請專家來看一下？」

可是……和志含糊應一句。

「你將來不是想整理這邊嗎？」麻理子指著另一半的和風中庭，「而且，你不是說一個人挪不動踏腳石？既然如此，要不要趁這時候請熟識的花匠來處理？」

「話雖如此，可是我不曉得該拜託什麼人啊。」

麻理子建議詢問職場上往來的業者，和志皺起眉。麻理子想起，和志提過好幾次與對方發生的糾紛。

讓討厭的業者進入日常生活空間，的確傷神，可是也不能隨便找人。然而，麻理子娘家的庭院，只在玄關到大門口的走道設有花壇，沒請業者來照顧。附近鄰居中，雖然有依季節變換委託業者照顧庭院的人家，麻理子又覺得如此傳統的業者十分棘手。看到一半是放著不管的和式庭院，另一半是外行人DIY的西式造景，對方想必會覺得很滑稽。

「這樣下去，你不覺得不舒服嗎？搞不好還會影響我們的健康。」

每逢假日，和志大半天都待在庭院，麻理子不禁擔心他的身體。

然而，她更在意拆掉的祠堂。在那之後，庭院變得有些奇怪，她無法擺脫庭院慢慢腐朽的想法。

「總之，先找適合的業者來瞧瞧吧。」

麻理子拚命向和志傾訴。不久前，她覺得庭院有些怪怪的，現在更覺得整個庭院似乎哪裡變得扭曲，變得荒廢、變得病態——甚至變得陰慘。

「只是請對方來看一下，不會怎樣吧？要是感覺不對，再換其他人就好。只要能找到適合的業者，之後或許能幫上不少忙。」

說的也是，和志好不容易同意。接下來，他花了一些時間在電話簿和網路上搜索。

三天後，他告訴麻理子，對方會在下週日上門。然而，到了前一天，同事家裡出狀況，和志臨時得去代班。

「麻理子，對不起，拜託妳了。」

雖然想抱怨和志把事情推給她一個人，但本來就是她提議找專家來，只得不甘不願地點頭同意。

隔天下午，姓堂原的業者來訪。對方開著車身印著「堂原」二字的小貨車，年紀與和志差不多，而且晒得很黑，身強體健，渾身散發著體育系風格的開朗氣質。

「麻煩你到後院木門附近看一下。」

要從玄關到後院，得穿過家中。麻理子帶著堂原往前走。堂原揹起背包，態度殷勤地跟在後頭。

「搞不好根本沒問題，大概是今年夏天太熱的緣故。」

「可是，庭院裡的樹木全枯了，今年沒熱到這種地步吧。」

「咦，全枯了嗎？」

和志到底怎麼向對方說明的？麻理子連忙解釋：

「是從樹梢開始枯萎，花壇的狀況也不好。」

爲了和志的名譽，麻理子又補上一句：

「到春天為止都還滿有精神，每種花都開得漂亮。」

「那麼，是缺水嗎？」

「每天早晚都會灑水——啊，基本上都是我丈夫在照顧，那是他的興趣。」

是嗎？堂原笑道。

「他不知為何忽然產生興趣，便依喜好改造我祖母留下的庭院，你可不要嚇到。明明是這種老房子，他卻在水井旁鋪紅磚，並裝上泵浦，立起藤架，變得亂七八糟的。」

「那很厲害啊。」

堂原像是找到同好，露齒一笑。麻理子鬆一口氣，看起來不是難相處的人。「到了。」麻理子打開木門，堂原應一句「打擾了」，便通過木門。他抬頭一看，高聲問：

「哦，這也是妳丈夫做的嗎？」

是的，麻理子笑著回答。

「他今天不在嗎？真想當面聊一聊。」

「我會轉告他。」

堂原走到晒衣場，環視庭院一圈。

「哎呀，真的都枯掉了。」

他的視線停留在別屋上，再轉向水井。

「這些全是妳丈夫……」

堂原忽然打住，僵在原地。

「怎麼？」

不，堂原狼狽地回望麻理子，神情僵硬地說：

「呃，請讓我確認一下。」

好，麻理子點頭同意。堂原隨即放下背包，步向主屋。他檢查樹梢變色的樹木，接著蹲下觀察土壤的狀況。同時，他頻頻偷覷身後。

「是什麼問題呢？」

麻理子忍不住出聲。

「看起來是生理失調。」堂原有些心不在焉。接著，他詢問麻理子澆水和施肥的狀況。

「我不是很清楚詳細狀況，不過，我丈夫都是用井水澆花。如果沒值夜班，他會早晚各澆一次。肥料放在別屋。」

麻理子打開別屋的木板門。堂原似乎有些畏縮，只看一眼，立刻離開門口。他不知爲何有些沉不住氣，像是很想趕快辦完事回去。不過，他仍從背包拿出一些工具，調查幾個地點的土壤，接著還以泵浦打水，檢查井水。然後，他打開水井蓋，查看井裡的狀況。

「我認爲問題在此。」

堂原關上水井蓋，將工具放回背包裡，說道：

「井水應該就是原因。請暫時用自來水澆花，量愈多愈好，像要把所有樹木從頭到尾洗一次。」

同時，他一副想立刻走出木門的樣子。

「請等一下，到底是怎麼回事？」

「那座井是半鹹水。」

什麼？堂原不理會想繼續追問的麻理子，打開木門，深深行一禮。

「我告辭了。」

「請等一下，費用……」

「沒關係。」

堂原丟下一句，便走出木門，只留下麻理子在原地發愣。

「那到底是怎麼回事？」

向下班回家的和志說明時，麻理子話聲愈來愈激動。一個人被丟在庭院裡，然後一頭霧水地煮晚餐，她愈想愈火大。等到一起吃晚飯，她已無法壓抑心中的怒氣。

「他說水井有問題？」

「好像是，我忘記他說是什麼問題了。」

「到底是什麼問題呢？」

「那人不行，再找更親切的業者吧。」

麻理子留下低喃著「也對」的和志，離開餐桌準備洗澡水。和志洗澡期間，她著手洗碗，依然一肚子氣。

——明明一開始那麼親切。

說什麼想跟和志聊一聊，一到庭院，態度就一百八十度大轉變，簡直像在逃命。

——所以，一定要找到好的業者才行。

直到泡澡時，麻理子終於靜下心思考。幸好是在改建庭院之類的大工程開始前，要是那種態度的業者長期出入家裡，實在受不了。這次是個好機會，來找值得信賴的業者吧。

麻理子深深嘆一口氣，浴缸旁的窗外忽然傳來啪嗒一聲。她歪著頭豎起耳朵仔細傾聽，啪嗒、啪嗒，像是什麼東西在跳動，而且就在窗外。

麻理子想確認狀況，於是打開裝毛玻璃的窗戶。令人窒息的腥臭味飄進來，她驚訝地以毛巾遮住口鼻，窺探窗外的狀況。外有鐵窗，瞧不清下方。麻理子好不容易才看見發出啪嗒聲、帶著黏滑感的影子，像被丟在陸地上的魚般彈跳。

「欸，外面有什麼東西！」

麻理子朝廚房大喊，接著聽到和志的回應，和前來浴室的腳步聲。同時，啪嗒聲停止。

「怎麼啦？」

麻理子向探出頭的和志解釋：

「之前看到的，會發出臭味的東西就在窗外。」

咦？和志連忙縮回身子，接著立刻打開廚房後門。麻理子聽見他走到庭院。

「麻理子，那東西在哪裡？」

和志從開了一半的窗戶露出臉。

「窗戶下面，感覺滿像魚。」

麻理子在浴缸裡回答。接下來，她聽到和志搜索周圍的聲響。

「什麼都沒有——不過有水漬，氣味和之前一樣。」

「對啊。水漬延續到哪裡？」

「到圍牆旁就不見了。影子擋住看不清楚，我去拿手電筒。」

聽和志這麼說，她嘆一口氣，身體沉入浴缸。

——眞是的，那究竟是什麼東西？

再度大大嘆氣時，聽到啪嗒一聲。她轉向聲音來源，是窗戶的角落。老舊木框裝上毛玻璃的窗戶，爲了採光和換氣，寬度和整間浴室一樣，不過開的位置很低。透過毛玻璃，麻理子看見浴缸對面的窗戶一隅，和鐵窗之間有東西蠢動。

在這裡！本來想大喊的麻理子，全身僵硬。

那東西跳過玻璃窗和鐵窗之間的狹窄空間，接著想跳到麻理子這邊。先掙扎般蜷縮，在張開身體的瞬間往上跳，貼在鐵窗上。麻理子看見那東西前端的細細分岔，用力縮起抓住鐵窗，稍稍停留後忽然鬆開，掉到窗框，又縮起來——張開五根手指。

那不是魚，顯然是人類的手。是從手腕上方砍掉，還是扯掉？或許是被扯掉，因爲手腕周圍拖著短又輕飄飄的玩意。

那隻手用力縮起，往斜上方跳，抓住鐵窗。一鬆開就掉到窗框，發出濡溼的啪嗒一聲。

麻理子想呼喚和志，卻發不出聲。她只好浸到浴缸裡，渾身起了雞皮疙瘩。

那隻手縮起指頭，稍微往上一跳，抓住鐵窗又掉下去，發出啪嗒聲響。

接著，那隻手朝麻理子的方向過來——朝打開的窗戶過來。

——得趕緊關上。

老舊的窗戶沒裝紗窗，一旦那隻手過來，沒辦法阻擋入侵。而且在這之前，麻理子會清楚看見那隻手的全貌。

令人窒息的腐臭飄進來，麻理子伸出快麻掉的手摸索窗框。掙扎般跳動的那隻手，僅僅離她十五公分。

麻理子顫抖的指尖摸到窗框。她屏住呼吸，一口關上窗戶。半途中，窗戶稍微卡住，發出喀噹聲搖晃一下，麻理子急急忙忙要上鎖。由於窗戶很久沒鎖，麻理子擔心會鎖不上，幸好稍微轉動就確實扣住。

咦？窗外傳來悠哉的聲音。

「怎麼啦？」

窗戶！麻理子大喊。然而，當她這麼喊時，窗外已沒有任何影子。

和志仍在窗外找了一陣子，不過什麼都沒發現。只有窗戶下方和窗框殘留發出腐臭味的積水。

❖

究竟看見了什麼？麻理子無法向和志描述。不過，和志似乎發現麻理子有點奇怪，問她好幾次，「還好嗎？」雖然告訴和志沒事，但那天晚上，麻理子失眠了，萬一那東西進到家裡……

在窗戶和鐵窗之間蠢蠢欲動，那東西的目的地，看來正是窗戶打開的地方。麻理子無法擺脫那東西打算闖進家裡的想法，坐立難安。她直覺認爲，那東西從水井周圍和別屋出發，花了大把時間抵達浴室。

之後，該不會進來家裡吧？這麼一想，就發現老舊的房子充滿令人不安的縫隙。不是每個縫隙都大到能讓那東西侵入，可是無法完全封閉這些縫隙，讓麻理子陷入不安。而且，每把鎖都非常粗糙，尤其是廚房後門，只有一個幾乎沒防範效果的門閂。那個門閂僅有不讓風將門吹開的功用。

睡前，麻理子請和志在門外堆上磚頭，拜託他找人代替隔天的晚班。面對麻理子的要求，和志又驚訝又抱歉，沒把握地說「我問問」。按理，今天本來是和志的休假，但同事家有喪事，才臨時去上班。那名同事接下來應該會休一陣子喪假。縱然不是這樣，現在排班表如此混亂，實在不該再造成和志的困擾。

「即使找不到人代替，我也會盡量早點回來。」

和志這麼告訴麻理子，隔天早上便出門了。麻理子睡眠不足，帶著昏沉沉的倦怠感外出上班。然而，就算下班，她也不敢回家。一瞬間，她想回娘家住一晚，但這樣只會讓父母擔心。

由於住得近，結婚後麻理子從沒在娘家過夜。要是忽然跟父母說想回去住，他們一定會認爲她與和志之間出了問題。

——可是，我還是……

麻理子在自家門口徘徊。因爲猶豫著要不要回家，在公司拖拖拉拉，即使是白天較長的夏日也已天黑。歷史悠久的巷弄微暗，各戶人家都開了燈。窗戶透出的燈光與街燈之間，只有麻理子眼前的自家沒亮光。從漆黑的窗戶可窺見屋內的黑暗。

——怎麼辦？

麻理子正在煩惱，背後忽然傳來呼喚聲。

「請問……」

麻理子嚇得差點跳起來。她驚訝地回頭一看，一個年輕男人站在身後。他似乎也被麻理子的過度反應嚇到。

「不好意思，害妳受到驚嚇。」他隨即瞇起雙眼，笑著道歉。

「呃，有什麼事嗎？」

老實說，麻理子很感謝對方拖延她進屋的時間。

「妳或許會認爲在這種時候造訪太沒常識——不過，妳是不是碰到麻煩？」

咦？麻理子詫異地直眨眼。

「不好意思，你是……？」

聽到麻理子這麼問，男人害羞似地笑了。

「眞的很抱歉，是園藝店的堂原老闆拜託我過來。」

男人遞出名片。麻理子接過，看到上頭寫著「營繕屋　苅萱」。

「你是尾端先生？」

「對，堂原是我的朋友。他說妳可能碰到麻煩，要我無論如何來看一下。」

是上次那個園藝業者？

麻理子輪流看著自家和尾端，下定決心走向玄關。

「在這裡不好講話……請進。」

她走在低頭致意的尾端前面，打開大門。踏進沒開燈的脫鞋處前，她大大吸一口家裡的空氣，至少此刻沒聞到那股腥臭味。

麻理子一開燈，便立刻將尾端帶到客廳。

「堂原先生這麼在意我家的事，我很意外。昨天他簡直像逃走般離開。」

麻理子將麥茶端給尾端，開口道。

「唔，他的確逃走了。」

咦？麻理子驚訝地望向尾端，尾端微笑著點頭：

「他承認是夾著尾巴逃走。」

麻理子輕輕倒抽口氣。

——原來是這樣嗎？

這麼一提，堂原是踏進中庭後態度驟變，莫非……

「堂原先生看到什麼嗎？」

這個嘛……尾端應道：

「關於這一點，他什麼都沒說，所以我也不清楚。」

「什麼都沒說？」

「是的。他有時會這樣，然後都要我幫他收拾爛攤子。」

是嗎？麻理子喃喃自語，接著起身。回到家後，她發現窗戶沒開，一把拉開窗簾。屋內籠罩在晚夏的熱氣中。麻理子猶豫片刻，想到至少有紗窗，便打開窗戶。輕微的腐臭隨晚風吹進來，她隨意往後門一看，差點尖叫出聲。早上排得整整齊齊的磚頭柱子，從上方倒塌。那是沉重的防火磚，貓之類的動物不太可能推得動。

她從沒像這時候一樣，慶幸不是獨自一人。

「……老實說，我的確碰上麻煩。」

麻理子事後回想，決定全盤托出，是看到尾端一副瞭然於心的樣子。雖然還是不敢說出在浴室目睹的東西，不過，她將臭味、水漬，有不明物體想從院子進入屋內感覺很不舒服，全部老實告訴尾端。最後，她連祠堂的事都說出來，或許是希望尾端理解情況多麼奇怪。

「庭院彷彿遭到侵蝕。樹木會枯萎，我推測是受到徘徊在庭院的那個東西影響。」

簡直像受到詛咒——麻理子這麼想，尾端卻說：

「樹木會枯萎是井水造成的。」

「堂原先生也這麼說……」

「那座井的水，是半鹹水。」

「什麼意思？」

麻理子一問，尾端解釋：

「是指混合淡水和海水。那座井的水脈，應該是河水。如果只有河水就沒問題，不過，這裡離河口很近，所以會混進海水。尤其是這一帶的河水流速緩慢，會發生所謂的鹽楔現象，河川底部會積存海水。」

麻理子嚇一跳。

「混合海水的水，就這麼進到井裡。這一帶本來就有不少半鹹水的井。堂原認爲，這是妳祖母告誡不能喝井水的原因。」

「……原來是這樣嗎？」

尾端點點頭。

「不過，府上的井水位頻繁變動吧？這代表由於某些因素，導致河水直接流進井裡。我想應該是受到海水漲退潮的影響，水位才產生變化吧。」

「那麼，井裡的水是鹹水嗎？我沒感覺……」

麻理子雖然沒喝過，但會用井水來洗臉和洗手。如果是鹹水，沒道理不會發現。

「半鹹水，指的是含鹽量從百分之〇．〇五到三．五的鹹水。若是百分之〇．〇五的含鹽量，不僅可以喝，也沒任何鹹味。」

「可以喝的鹹水，也會害樹木枯萎嗎？」

「是的。不曉得府上井水的含鹽量究竟是多少，但即使只有百分之〇．〇五的含鹽量，仍會讓對鹽害沒抵抗力的柑桔類、梅花之類的樹木枯萎。」

而且含在灑出去的水裡的鹽分，等水一乾，濃度會提高，上到地表。

「原來如此……」

麻理子嘆一口氣，接著問：

「河口的水流入井裡，對吧？那麼，是不是有生物混進來？」

「應該沒有吧。」尾端一笑，靜靜地說，「或許是死物混進來。」

麻理子頓時無言以對，尾端繼續道：

「海洋裡有各式各樣的東西。有人溺死，也有船沉沒。無數的死亡沉澱在海底，隨著漲潮，上到海面。有形的東西進不去水井，但無形的東西則從海底來到井裡。」

麻理子思考片刻，又問：

「那很危險嗎？」

「我不清楚，但堂原說很恐怖。恐怖到無法忍耐，他才會逃走。」

接著，尾端補上一句：

「堂原很少說什麼東西恐怖的。」

麻理子點點頭，望向中庭，看見堆積起來後遭到破壞的磚頭。那東西想進到家裡——為什麼？

至少不是要威嚇住在這裡的人吧？只是想嚇人，不會那麼執著地尋找入口。

那東西進來家裡，會發生什麼事？

「你認為和拆掉祠堂有關嗎？」

「如果在拆掉之前沒發生過類似的情況，很難說無關。」

「那是不是要在原地重建祠堂……？」

不知道，尾端偏著頭回答：

「要是以前的祠堂能夠壓制住，建造的人應該曉得怎麼做才能發揮作用吧。請問有沒有留下相關紀錄?」

「不,我想沒有……」

「若是這樣,單純蓋個祠堂恐怕沒實質效果。」

「那該怎麼辦?」

一想到那東西進到家裡,躲在黑暗中,不知道會對自己做什麼,麻理子就感到害怕。她最恐懼的,是要近距離目睹之前透過毛玻璃看見的東西。

「我建議塡井。請神職人員來徹底祓除後埋起來,是最確實的方法。」

是嗎?麻理子嘆口氣:

「我丈夫一定會很遺憾……不過,這也沒辦法。」

尾端輕輕一笑。

「那麼,要不要考慮儲存雨水?最近有充氣式的雨水儲存槽,應該能夠裝在水井裡。」

這樣啊,麻理子感到十分不可思議。

「裝上後,還能使用泵浦嗎?」

「當然。從外觀看來,水井也像仍在使用。」

「請問……大概需要多少費用？」

「充氣式的雨水儲存槽不會太貴。至於管線工程，只要提出委託，堂原會給一個優惠價，為他昨天的態度道歉。如果妳丈夫願意幫忙，想必會更便宜。」

尾端露齒一笑，麻理子跟著輕輕笑了。和志與專家一起工作，水井再次復活——光是想像，麻理子便覺得是開心的情景。

「那就麻煩你了。」

幸好早打算要整修家裡，還有一些儲蓄。而且，這個夏天拜水井之賜，水費省下不少。

「可以麻煩你替我委託堂原先生嗎？」

「好的。」

尾端笑著向麻理子輕輕點頭致意，留下一句「那我告辭了」，便站起身。

麻理子這才發現，尾端一離開，今晚家裡只剩她一人。堵在後門的磚頭倒塌，她實在沒勇氣獨自在夜晚的庭院裡重新堆好磚頭。

這些事一口氣浮現在麻理子腦海，她想自己一定露出窩囊的表情。像是要安撫麻理子，尾端再次笑著說：

「請告訴我，哪些門窗讓妳不放心。就當是我突然上門打擾的賠禮，我會替妳修好。」

「咦?可是……」

尾端打斷麻理子。

「請交給我——畢竟我是做營繕的。」

柵欄之外

「討厭，又來了。」

麻美輕嘖一聲，不自覺拍打方向盤，老舊車庫裡響起不上不下的短促喇叭聲。可能是覺得這個滑稽的聲音十分有趣，在副駕駛座上看著麻美的女兒，露出燦爛的笑容。

「車車，噗噗。」

麻美再度發動引擎，對女兒笑著說：

「是啊，噗噗。」

坐在兒童座椅的女兒，難得心情很好，發出「噗噗」聲，笑個不停。不知爲何，女兒杏奈討厭坐車。今天也一樣，直到剛剛都還一副被迫去醫院般的複雜表情。

麻美刻意露出笑臉，注視著女兒，同時連按幾次啟動鈕，引擎卻沒反應。

——饒了我吧。

麻美焦躁不已，不斷按下啟動鈕。幾次反覆下來，馬達的聲響愈來愈微弱。聽著女兒開朗地發出噗噗聲，她暗暗祈禱著再度按下啟動鈕，但馬達連轉動聲都沒有，陷入沉默。

「饒了我吧……」

麻美脫口而出，倒向椅背。

又來了，一星期總會有一次無法發動引擎。

強烈的無力感襲向麻美，她渾身虛脫地倒在椅背上半晌。這座老舊倉庫改建而成的車庫裡，有著遍布裂縫的土牆、燻黑的柱子和大梁，到處是殘留下來的破爛架子，與前任住戶放置多年的雜物。這空間只有一個出入口，滿是灰塵的各類雜物，隱約浮現在透進來的晨光中。

麻美在四個月前離婚，回到娘家所在的這座小鎮。母女倆租下這幢老房子後，首先購入的正是這輛二手的輕型汽車。經由中學時代的學弟，麻美便宜買下，雖然賣方說不曾故障，但常有狀況。只要一發動就沒問題，可是麻美得費盡心力讓車子發動。

她嘆一大口氣，從提包裡抓出手機，一撥完號碼，對方立刻接起電話。

「喂，我是健吾弟弟。」

聽著對方明朗輕快的口氣，麻美有些火大。

「不要亂加什麼『弟弟』啦——我跟你說，引擎又發不動。」

咦，眞的嗎？健吾的反應十分誇張。

「又發不動嗎？」

「對，馬達完全沉默，半點聲音都沒有。」

「不可能吧。前陣子發不動時，有問題的零件全換掉了。」

「發不動就是發不動。」

「麻美姊，妳很急嗎？」

「很急。」

我馬上過去，健吾說完立刻慌張地掛上電話。

健吾家是修車廠，開車快一點，十五分鐘後會抵達麻美的住處。

「……上當了啊。」

明明是我那麼疼愛的學弟。

雖然沒預算，還是希望安全性能好，副駕駛座有安全氣囊，有後視鏡螢幕等設備，麻美給健吾出了各種難題。他嘴上抱怨「不要太過分啦」，仍以低於預算的便宜價錢，替麻美找到這輛車。因此，麻美心裡始終很感謝這個值得依靠的老朋友，沒想到……

她輕輕嘆氣，女兒有些訝異地歪了歪頭。

「不用去保育園嗎？」

「要去喔，只是車子有點問題，等修好再去。」

聽到麻美這麼說，杏奈露出燦爛的笑容。

「健吾弟弟要來嗎？」

「健吾弟弟」是這麼來的啊，麻美心想，同時回答女兒，「會喔。」

女兒喊著「好棒」，從安全座椅下來。買車之後，一碰到問題，麻美就會找健吾過來。所以，女兒大概認為車子有問題，等於健吾會過來。

「我們在家裡等健吾弟弟吧。」

看著一臉開心的杏奈下車時，麻美忽然想起一件事。她慌慌張張地從提包裡找出手機，聯絡打工地點，報備遲到的原因。「又發不動？」電話另一頭傳來露骨的訝異反應。車子的確是又發不動，像這樣遭到懷疑，實在令人不愉快。若是以前，麻美大概會立刻翻臉，不過她已長大成人。至少明白在這種時候，就是要忍氣吞聲向對方道歉——不過，上班時氣氛會變糟。想像起上班遲到時，眾人不滿的氣氛，麻美便覺得胃痛。

她憂鬱地將手機收回提包，感覺到上衣被輕輕拉扯。

「啊，對不起……」

麻美轉向副駕駛座，卻不見杏奈的蹤影。她抬起頭，透過車窗可看到杏奈踩著快活的腳步，迅速走出車庫。下一瞬間，車庫鐵捲門發出巨大聲響，掉了下來。

杏奈嚇得跌坐在地，麻美慌忙下車，衝到她身旁。愣愣坐在地上的杏奈和鐵捲門只離一公尺，差點就會被夾到。

「沒事吧？」

杏奈點點頭，看起來馬上就要掉下眼淚。

「妳一定嚇壞了，對不起啊。」

麻美扶著杏奈站起，拍掉她身上的塵土，然後伸手打開完全緊閉的鐵捲門。

這道老舊的鐵捲門，到處都生鏽歪斜。或許正因如此，滑順度大有問題。一開始要拉到膝蓋左右的高度，得耗費九牛二虎之力。接著可順利往上推，卻又會莫名其妙掉下來。推上去時費盡千辛萬苦，要拉下來時，往往一口氣掉到底。愼重起見，麻美找來一根舊竹竿頂住鐵捲門，但成效不彰，竹竿經常脫落。甚至有一次，在麻美駛出車庫途中，鐵捲門忽然掉下來。因爲沒錢修理，當時造成的損傷仍留在車上。

——總之，沒夾到孩子就好。

麻美這麼想著，單手撐著鐵捲門，讓杏奈先出去。目送女兒穿過庭院跑向自家的老房子後，她找到脫落的竹竿，小心翼翼卡在鐵捲門下方。

這幢房子原本是務農的伯公住處。伯婆很早就去世，伯公在此獨居。他是個難相處的老人，麻美非常怕他——與其這麼說，其實麻美和所有親戚都合不來。他們個性保守又囉嗦，關於麻美的任何事都拿來和優秀的哥哥相比。麻美的成績並不算差，只是哥哥太優秀。再加上就讀中學後，她和素行不良的朋友混在一起，開始學壞。雖然沒被逮去輔導，但在老師、親戚這些大人之間的評價一落千丈。那個「素行不良的女兒」擅自結婚，又隨便離婚，回到老家。

這座小鎮是歷史悠久的城下町，維持著過往保守的風氣。現在仍有許多老人家，認爲嫁出去的女兒離婚回來是奇恥大辱。麻美的雙親與親戚正是這種典型。他們不接受麻美離婚投靠娘家，於是替麻美找到伯公的房子，拜託親戚讓麻美便宜租下。伯公逝世後，似乎曾短暫出租，不過大部分時間依然是放置不管。這是老舊的獨棟平房，有個小得不值一提的舊庭院，和倉庫改造的車庫。不過，車庫就是這副慘狀。

老舊歪斜的鐵捲門很難打開，還會掉下來。可能是下雨漏水，經常散發一股霉味，沒有任何採光處，總是潮溼陰暗。就算是麻美，也不喜歡待在這裡，女兒更是明顯討厭車庫。麻美認爲杏奈討厭坐車，或許是此一緣故。

家裡的情況大同小異。狹窄陰暗，空氣總是沉甸甸，還帶著霉味。

——要擺脫素行不良的女兒，這裡是最適合的吧。

麻美滿懷憂鬱地想著這些事，所以當健吾抵達時，她不自覺地出聲：

「我再也受不了！」

健吾悠哉地與杏奈擊掌，聽到麻美的話聲，彈起來般轉向麻美。

「你居然把爛車塞給我！」

健吾雙手亂揮。

「我怎麼可能對麻美姊做這種事，那眞的是別人賣的二手車。」

「算了，你趕緊修吧。」

是！健吾朗聲回應，衝進車庫。他確認車內的狀況後，打開引擎蓋。

「要修多久呢？不能用車我會很傷腦筋。」

「我知道妳很傷腦筋……」健吾跑回開來的車旁，拉出纜線。「生氣到沒電之前，可以先叫我嗎？」

「我沒那麼生氣。」

倒不如說，麻美好奇電池會這麼容易沒電嗎？

健吾俐落地將纜線繫在麻美車上，馬達空轉兩、三次後，引擎總算發動。

「的確不好發動……」

「是吧，這到底怎麼回事？」

「奇怪，應該不會這樣才對。我上次眞的徹底修過——只要是有問題的地方，全部修過。」

麻美打斷健吾的話。

「別再找藉口啦。再不出門，我就要失業了。」

對不起，健吾老實低頭道歉。

「下次如果又發生這種情況，請早點告訴我。我會負責接送妳們，然後趁妳出門期間修好車。」

「把車保養好比較重要。」

麻美將畏畏縮縮說著「我會盡力處理妥當」的健吾趕回家，讓杏奈上車。看來，今天又是倒楣的一天。

當遲到的麻美抵達工作地點時，眾人反應果然很冷漠，令她不知該如何自處。她急忙換上工作服，在工作桌前坐下。接著，就是拚命將零件裝入機器，按下開關——如此不斷反覆。由於遲到的關係，麻美無法在工作時間內達到一天的最低標準，只得加班趕完進度。好不容易結束，她急忙脫下工作服，前往保育園接杏奈。帶著園裡最後回家的杏奈前往超市，採買完畢後，母女倆就在超市的美食街解決晚餐。

「對不起，媽媽沒做晚飯。」

回家途中，麻美向杏奈道歉。杏奈搖搖頭：

「沒關係，蛋包飯好好吃！」

「嗯。」

年僅四歲的杏奈竭力安慰媽媽。多虧有這孩子，麻美才能不自暴自棄，腳踏實地生活。

告訴麻美今天保育園發生的事的期間，杏奈睡著了。靜悄悄的車裡，只迴響著單調的引擎聲。

麻美家位在老街邊緣歷史悠久的聚落，周圍是綿延不斷的田圃。農地之間是鋪得筆直的馬路，然而，只要一進到聚落，馬上變成狹窄彎曲的道路。此時天已暗，沿途幾乎沒有路燈，一片漆黑。麻美留意著四周狀況前進，駛入自家庭院。

麻美停好車，費力打開車庫鐵捲門。拿竹竿頂住門後，她回到車裡。一打倒車檔，導航畫面旋即切換成倒車影像。黑白對比強烈的畫面上，映出車子後方的庭院入口、道路和對面人家的圍牆。

她確認杏奈坐在副駕駛座上，慎重改變車子的方向，畫面顯示鐵捲門打開的車庫及內部狀況。她看著後視鏡螢幕，慢慢倒車。隨著車子後退，車庫內部的模樣出現在畫面上。最裡面那些快倒塌的架子、留在架上的許多雜物、放置在高處的老舊農具——然後是小孩。

麻美慌忙踩下煞車。煞車燈亮起，一個小小的白色人影浮現。麻美立刻轉過頭，紅燈照亮的車庫深處空無一人。她再次望向後視鏡螢幕，已看不到任何人影。

她拉起手煞車，下去確認車尾與四周情況。然而，梭巡一圈，到處都沒人。

——看錯了嗎？

只是將雜物的影子看成小孩嗎？保險起見，麻美彎身確認車底下的狀況，同時回想剛剛一瞬間看到的畫面。

那個人影看起來像小男孩，比杏奈稍微大一點。白皙的臉孔上，雙眼圓睜，眼神黯淡。

確認車底下和周圍都沒任何人後，麻美再次回到車上，戰戰兢兢打入倒車檔。螢幕畫面立刻切換成車庫內部，不見任何人影。麻美輕輕嘆口氣，停好車。

關掉引擎後，車庫裡一片漆黑。車門一開，車內燈便亮起。麻美藉著亮光搖醒杏奈。

「到家嘍。」

她一邊呼喚，一邊鬆開安全座椅的腰帶。杏奈揉著惺忪睡眼。

「要自己下來，還是媽媽抱？」

麻美一問，杏奈便舉起雙手說「媽媽抱」。麻美拉起女兒的手抱起她時，從後座的陰影裡，傳來一句微弱的「我也要」。

麻美想不起之後做了些什麼，只記得應該是抱起杏奈，一腳踹上車門。從駕駛座到車庫外的短短時間裡，她陷入無邊的恐懼。

要是出去之前，鐵捲門掉下來……

她暗暗祈禱，衝出車庫。一路穿過庭院，顫抖著打開門鎖。一衝進玄關脫鞋處立刻放下杏奈，從提包裡抓出手機。

——不斷故障的車子。

便宜的二手車。

喂，電話另一端傳來健吾愚蠢的話聲。

「賣方說什麼沒送修過，根本是騙人的！這是事故車吧！」

❖

健吾騎著腳踏車穿過夜路，衝到麻美家。

「晚飯時喝了一些……」

「就算是腳踏車，也是酒駕。」

「是，對不起。」

總之先上來吧。能夠這樣對健吾說話，表示麻美已冷靜下來。坦白講，健吾願意過來，她鬆一口氣。

──現在不希望家裡只有她和杏奈兩個人。

麻美制止想和健吾玩的杏奈，在寢室裡哄杏奈入睡。之後，她關上寢室拉門，重新轉向健吾。

「你老實招來，這是事故車吧？」

「不是的。」健吾立即回答，「眞的不是，至少我從沒聽說過。賣主保證不曾送修，我才會建議妳買。如果是事故車，絕不可能推薦給妳。」

斬釘截鐵說完，健吾問道：

「是不是發生什麼事？」

麻美告訴他看到小孩的情景。她堅持絕對沒看錯，也絕對沒聽錯。

「車子不斷故障，就是這個原因吧？你不是總說那輛車不可能故障嗎？」

「我不知道——不過，不斷故障的確很奇怪。我爸掛保證那車絕對沒壞，而且那不是什麼來源奇怪的車子，是和我們家有老交情，可以信賴的人讓給我們的。修理是我們家負責的，看起來不像碰到車禍，板金很漂亮。我們只修復保險桿的擦傷，檢查有沒有問題，換上新的車燈，打掃車內而已。」

「那麼……剛剛到底怎麼回事？」

麻美這麼問，健吾陷入沉默。

麻美忽然想起一件事。

「欸，不是常發生沒注意車子後方，輾到小孩的事故嗎？」

站在車後的小孩。踩下煞車的一瞬間，「該不會輾到了？」的真實恐慌掠過腦海。

麻美堅持要有後視鏡螢幕，便是聽過類似的情況。萬一杏奈在車子後方玩耍，又蹲下來，就算透過後視鏡也看不見。

忍耐著使用會掉下來的鐵捲門，一樣是這個理由。要是擔心鐵捲門掉下來，設法固定成打開的狀態就好。可是，麻美不希望杏奈趁她不注意時跑進車庫，在車子周圍玩耍，才湊合著用。

「如果是撞到孩童，車子應該會有損傷。但要是沒注意四周狀況，輾到的話，不會有任何損傷吧？」

聽麻美這麼說，健吾低喃著「這倒也是」。

「若不是輾到，會不會是反鎖在車內之類的？大熱天把孩童放在車裡的例子不少。」

「嗯。這麼一提，確實不是說沒送修過，就絕對不是事故車。畢竟也有不會造成損傷的意外。但我還是認爲，那不是事故車，讓給我們的人沒談及。對方和我們家是老交情，是我爸的朋友，不是明知是事故車卻隱瞞的人。我們之間是有信賴關係的。」

「那到底是怎麼回事？」

「雖然不能保證，但把車讓給我家的人，搞不好也不曉得這些事。總之，我會問問看。」

唔，麻美點點頭。

「對你發脾氣，真對不起。」

「沒關係，我們家才得向妳道歉。」

「你不需要道歉，是我開出那些誇張的條件，硬要你幫我找車。對伯父也造成困擾，實在抱歉。」

「我爸一點都不覺得困擾，麻美姊是特別的。」

聽著健吾的話，麻美胸口一緊。她會認識健吾，是因爲她與健吾的哥哥本來是玩伴。他比麻美大一歲，外表凶惡，實際上是溫柔敦厚、充滿義氣的好人，夥伴都非常仰慕他。麻美和健吾的哥哥從高二起交往一年，她經常待在健吾家，健吾的雙親十分疼愛她。當時的麻美認爲，總有一天會和健吾的哥哥結婚，可惜事與願違。麻美高三那年的夏天，健吾的哥哥因騎摩托車，出車禍去世。

麻美肝腸寸斷地度過那個夏天。畢業後，她找到工作離開老家，不想待在這座小鎮。三年後，她和爛男人結婚，生下杏奈。那是個不思進取，一有什麼不順心就踢打麻美，眞正的爛男人。如今回想，麻美也不曉得自己爲何會決定和對方結婚。

「不過，麻美姊，妳打算怎麼辦？」

健吾一問，麻美愣愣地直眨眼。

「什麼怎麼辦？」

「要找別的車嗎？」

「這……」

沒辦法，麻美心想。現在光靠打工的薪水勉強過得去，實在沒有買新車的餘裕。

她不能放棄這輛車。此地沒有大都會的鐵路和公車等大眾運輸網路，不管是通勤或購物，沒有車寸步難行。如果只是通勤或購物，腳踏車或摩托車也辦得到，然而，要接送去保育園的杏奈，在麻美看來，兩輪車實在無法放心。再加上，萬一杏奈得急病，不能總是叫救護車——考慮要不要叫救護車時，搞不好已太遲。麻美無法擺脫這樣的不安。

所以，她才堅持要買車。

「總之……方便先幫忙問一下嗎？等結果出來，我再考慮。」

「在這之前，要不要先開我的車？」

看著滿臉抱歉的健吾，麻美笑著說：

「講什麼傻話，你的是手排車吧？」

隔天，麻美猶豫著該不該開車。不開也不行——大雨讓麻美拿定主意。

「妳在這裡等媽媽，不然會淋溼。在這裡等到媽媽叫妳喔。」

麻美讓穿著雨衣的杏奈坐在玄關地板邊緣，慎重叮囑。時間不容麻美繼續猶豫，她下定決心走向車庫。

厚重的雨雲在天空擴散開來，沒有陽光，只有陰鬱的影子。麻美使力將鐵捲門往上拉，發出令人厭惡的嘎吱聲。拉到膝蓋左右的高度，鐵捲門忽然失去抵抗力，嘩啦嘩啦地向上捲起。陰暗的車庫內，唯有濡溼的臭味和沉默的車子坐鎮其中。

那是一輛線條柔軟的銀色雅緻小車，今天卻散發出一股難以言喻的壓迫感。麻美戰戰兢兢環顧陰暗的四周，拉開車門。駕駛座、裝設兒童座椅的副駕駛座、後座，車裡沒有其他人。

她坐上駕駛座，踩下煞車，將手指放在啟動鈕上。請一次就成功發動。

或許是祈禱見效，今天一次就發動引擎。她鬆一口氣，將手伸向排檔，背後忽然傳來微弱的一聲「媽媽」。

麻美驚訝地抬頭望向後視鏡，後座上沒有人影。沒有人，是我多心——雖然這麼告訴自己，但她看見了。看見自己肩膀附近——駕駛座椅背上掛著一隻小手。

體。

「是誰？」

她這麼喊著，回頭望去。眼前只有空蕩蕩的座椅，沒有小手，也沒有連接小手的身體。

——不要妨礙我。

我必須去工作，所以得把杏奈送去保育園。我們母女倆必須活下去。

麻美咬牙操縱排檔，終於發動車子，切換到前往道路的方向，然後停下車。她衝出車外，呼喚在玄關等待的杏奈。讓杏奈坐上副駕駛座的同時，她留意著後座的情況，再度發動車子。

即使開著車，麻美仍非常在意後座的狀況。她不停看著後視鏡，好幾次差點撞上前面的車子。

——這樣下去不行。

必須無視怪異現象，必須專心開車。

明明非常在意，卻得努力不去在意——麻美內心不斷拉扯，讓杏奈在保育園下車時，她已疲憊不堪。然而，接下來還要去工作。

——沒關係，雖然下雨，至少是大白天。

儘管這麼告訴自己，麻美仍在意著背後的情況。動個不停的忙碌雨刷，彷彿要刮掉什麼東西。

這天麻美準時下班。趁天色還亮，她去接杏奈，迅速結束購物，在夕陽下山前回到家裡。踏進門時，雨勢停歇，陽光穿透雲層。微弱的陽光，令麻美感激不已。

當她和杏奈在吃飯時，健吾來訪。

「果然，對方說不曉得那輛車發生過意外。」

對方似乎是告訴健吾，不可能發生過事故。

「是嗎……」

「怎麼辦？」

「或許是我多心……」

麻美試著這麼說。儘管怎麼想都不是她多心，但或許只能靠這麼說來無視不對勁。

「嗯，要當成是我多心。我沒車不行，也沒錢再買新的。」

「跟妳爸媽借錢——不可能，對吧。」

麻美笑著搖搖頭。

從決定離婚開始的分居，到成功離婚爲止的那團混亂，讓麻美滿心疲累。她甚至想過，乾脆繼續這段婚姻。支撐她的決心到最後的，是爲女兒安危的擔憂。

隨著杏奈漸漸長大，萌生自我意識後，丈夫對待杏奈愈來愈粗暴。如果女兒不乖乖聽話，他就會生氣。這樣下去，總有一天他會眞的向杏奈動手——這股危機感，支撐著麻美下定決心，擺脫不想離婚，且不斷暴力威脅母女倆的丈夫。

身心俱疲的麻美回到娘家，但家人並不歡迎她。這也是理所當然——麻美是擅自決定結婚。她告訴家人想結婚，家人立刻要求與對方見面，之後便猛烈反對。不管怎麼看，對方都不是什麼像樣的男人。

遺憾的是，家人沒看錯，只是當時的麻美不懂。她帶著反抗的心理，和對方登記結婚，接著與家人斷絕聯絡。然後某天，麻美說已和對方分手，跑回娘家，雙親會生氣也是難怪。

況且，娘家住著哥哥夫妻。不過，即使沒有他們，麻美也不打算賴在娘家。只是，在重建生活的期間，她和女兒需要安身之處。於是，麻美壓抑著情緒向家人低頭拜託，在找到工作和住處前，希望能讓母女倆住在家裡。然而，家人拒絕了她。麻美希望家人至少借她一些錢，取代金錢的是這幢房子。之後，雙親連一通關切的電話都沒打過。

「麻美姊，妳有存款嗎？這和買不買車沒關係，我就是問一下。」

「不用擔心，我多少還有一些。我把分居期間的薪水存下來了。這是我的命根子，得盡量節省過生活。」

「沒有贍養費嗎？」

「當然沒有，他還想向我要錢。」

麻美笑著說，健吾不禁嘆氣：

「麻美姊，莫名其妙地好辛苦啊。」

「算是中邪嗎？年輕不懂事的結果眞的很慘。」

「我來接送妳們吧？」

「不用了，不能這樣麻煩你。好好工作啊，你不是要繼承家業嗎？」

健吾老實地點點頭。

雖然大人用「素行不良的一群人」來總括麻美和健吾所屬的團體，其實他們沒那麼壞。儘管他們的確幹了些偷雞摸狗的勾當，但沒人有膽量犯下會上新聞的違法行爲。在麻美看來，這群人就是「不運動的體育社團」。由於無事可做，一群人聚在一起聊到深夜，不然就是搭學長的車四處兜風。當地有更惡劣的集團，還有跟流氓沒兩樣的人。他們和那種人毫無往來，甚至徹底避免接觸。真要說的話，為了不和對方扯上關係，他們會跑去躲起來。

或許就是一群不上不下的傢伙吧。無法踏上正規的軌道，也無法下定決心走另一條路。大夥茫然地從高中畢業，有的人去工作，有的人繼承家業。言行舉止變得老實穩重，過著腳踏實地的人生。

——我不能打擾他們。

「沒關係，我沒煩惱到那種地步。不過，可能還是會跟你抱怨車子又發不動。」

隨時歡迎，健吾笑道：

「如果發生狀況，一定要告訴我。雖然派不太上用場就是了。」

好，麻美點點頭。

❖

——他又不像前夫那樣會造成實質傷害。為了活下去，我拚了老命，才不會把他放在眼裡。

或許是麻美的氣勢戰勝，隔天早上她順利發動車子。將杏奈送到保育園後，前往打工地點，專注在工作上。不過，那天因爲客戶的關係必須趕貨，所有人都被迫加班。等下班接到杏奈，再採買、吃完飯，踏上歸途之際，周圍已一片漆黑。

——加油。

麻美爲自己打氣。回到家就沒事了，明天休假不用開車。

她留意著前方的狀況，好不容易抵達家門口。先停在車道上，讓杏奈下車。再打開家門，叮囑杏奈在屋裡等她。

麻美看著杏奈點頭答應後，走出屋外，拉開車庫的鐵捲門，拿竹竿頂住。回到車子旁邊，她深呼吸一大口，坐進駕駛座。一打入倒車檔，導航的畫面立刻切換成後視鏡螢幕。她從螢幕上移開目光，轉身盯著車後，開始倒車。

麻美緩緩倒車，爲了確認停車位置，瞥一眼後視鏡螢幕。這一瞬間，她猛然踩下煞車。螢幕一角映出一張白皙圓臉。

麻美只瞄到一眼，那道影子像要閃避車子，往後一仰消失不見。她不自覺地望著那道影子消失的方向，發現杏奈愣愣站在那裡，沐浴在車尾燈的紅色光線中。

「杏奈！」

麻美慌張地拉起手煞車，衝出車外。女兒確實待在車子後方。

「我不是要妳在玄關等我嗎？」

「媽媽叫我過來啊。」

「我沒叫妳喔，妳爲什麼要過來？」

「因爲妳眞的叫我過來嘛。」

杏奈泫然欲泣：

「妳揮手要我快點、快點。」

「我揮手……」

「妳從車子裡揮手叫我啊。」

杏奈筆直指向後座。

麻美抱著杏奈，回頭看向車子。車子仍發動著，明亮的車頭燈將車庫劃分出明暗。相對於亮晃晃的前方，車裡一片漆黑，尤其是前座的座椅在後座落下濃重的黑影。

「妳快進去家裡，不可以到發動的車子附近。」

麻美愼重囑咐，護著杏奈，將她推出車庫。目送女兒走進家裡的同時，她也留意後方的狀況，半身坐在駕駛座上，關掉引擎。當引擎聲停止的瞬間，黑暗頓時籠罩車庫。麻美鎖上車門，剛要踏出車庫時，鐵捲門發出巨大聲響掉了下來。

「搞什麼啊！」

偏偏在這種時候。

一片漆黑中，麻美邁開腳步。車庫內沒有任何照明，實實在在是一片黑壓壓。

她單手觸碰到車子，沿車體往前走，再從引擎蓋的邊緣伸出手，摸索鐵捲門。接著，她坐在鐵捲門前面，尋找可施力的地方。此時，她聽到一陣咳嗽聲。

那是從身後傳來的，但她一回頭，只有如墨汁濃重的黑暗，伸手不見五指。

咚，傳來輕輕敲打聲，還有……媽媽。

聽到這微弱的呼喚，蹲在鐵捲門旁的麻美不禁彈起。

媽媽……媽媽。

一道像拍打著什麼的啪啪聲，和呼喚聲重疊在一起。

——車子？玻璃？

麻美默默思考，邊拚命將手指伸進鐵捲門底下。咚，再度傳來像敲打車門的聲響。

先是不斷拍打車子——大概是窗玻璃，接下來彷彿失去冷靜，發出喀嗒喀嗒的聲響。麻美心想，約莫是要打開車門。因爲上了兒童安全鎖，就算要開門也打不開。發出喀嚓聲的影子，又拍打車窗玻璃。麻美聽見稚嫩的聲音，微弱地重複呼喚「媽媽」，再度咳了起來，接著是嘔吐聲。

麻美渾身冰涼，動彈不得。只能一直凝視黑暗，雖然再怎麼睜大眼睛也看不見任何東西，她始終盯著聲源處。

喀嚓聲持續一陣，而後是喀噹一聲。那聲音聽來乾燥無味，應該是安全鎖解除，車門開了。

注視黑暗一段時間，麻美的雙眼逐漸習慣黑暗。即使如此，她還是只能看見一片漆黑。不過，在那之中，隱約可辨認出略帶白色的車子輪廓。一部分的輪廓忽然動一下，車門打開——有什麼下了車。

麻美聽到啪沙一聲，有東西摔落地面，下方傳來微弱的哭泣聲，和像是咬著沙子的唰唰聲。那東西逐漸靠近麻美，像是有人在地上爬行。

麻美維持著坐姿往後退。她的肩膀抵著土牆，無力的雙腿踢著地面拚命後退，最後背部撞上堅硬的物品，大概是旁邊的木架。這表示她已無路可退。

那個發出唰唰聲在地上爬行的人，在黑暗中靠近麻美。她竭盡全力縮起身子——拜託，千萬不要發現我。

麻美的祈禱或許見效。某人緩緩爬過麻美的腳尖，撞上鐵捲門發出聲響。

車庫內發出巨響，某人拍打起鐵捲門。刺耳又混濁的金屬聲，迴盪在車庫內部，簡直震耳欲聾。麻美害怕地縮著身子，忽然聽到杏奈在車庫外呼喊「媽媽」。

「杏奈，不要過來。」

麻美不自覺高喊——快回家，離這個奇怪的東西遠遠的。

「媽媽！」

杏奈語帶哭音，小小拳頭敲打著鐵捲門。女兒從門外——母親從門內，彼此叫喚。杏奈的呼喚聲逐漸變成哭聲，彷彿與杏奈的聲音起了共鳴，麻美聽見另一道哭聲。呼喊著「媽媽」的虛弱聲音，和從車庫內胡亂敲打鐵捲門的聲音。鐵捲門發出尖銳聲響，金屬互相摩擦，令人神經衰弱的聲音響個不停。

——媽媽。

麻美不禁摀住耳朵。忽然間，鐵捲門發出巨響打開。

麻美聽見杏奈的呼喚聲，蒼白的月光和寒冷的夜氣流進車庫。她雙手撐地，滾出車庫。那一剎那，麻美不自覺回望，沐浴在月光下的車子，若無其事地坐鎮其中，應該打開的車門也已關上。只是，在那裡面……

有一張孩童的白皙臉孔，雙手攀著車窗玻璃注視著麻美。

麻美忍不住倒抽一口氣。此時，杏奈衝過來。她緊抱杏奈，再度回頭，車裡已無任何人影。

「不要緊吧？」

上方傳來一道關切聲。麻美這才發現有個男人站在身邊——對，應該是這個人幫忙開門。她望著男人說「我不要緊」，而後低頭道謝：

「謝謝你。」

男人點點頭，接著往車庫裡瞄一眼。

「還有一個小孩呢？」

麻美抱起緊緊攀住她的杏奈。

「……不，只有這孩子。」

男人無法釋懷地偏著頭，轉向麻美。他身強體壯，年紀與麻美相當。

「妳的鄰居說發生奇怪的狀況，叫我過來瞧瞧。一來就看到這孩子拍打著鐵捲門大哭。」

「我被關在裡面了。」

麻美望向鄰居家。籬笆對面是一對老夫妻，正擔心地看著她。麻美抱緊杏奈，向對方低頭致意。兩人回禮後，帶著安心的表情轉身進屋。

「我就住在前——」男人說到一半，「咦，妳是前田吧？」

麻美再次望向改變聲調的男人，她也覺得似曾相識，但不是以前的同學。

「……平松？」

麻美驚訝地問，抱著杏奈絆了一跤。於是，平松從麻美懷中接過杏奈。

「沒事了，進去吧。」

不認識的人抱起杏奈，她頓時愣住。平松對杏奈露出笑容，抱著她往家裡走。麻美跟在平松身後，回想起過去。

平松是不良團體的一員，但他和麻美不是同一掛。平松他們是貨眞價實的不良少年。雖然兩人高中同班過，可是麻美不曾與他交談。

平松在玄關前放下杏奈，問道：

「前田，妳搬到這裡啊？」

「呃……嗯。」

「妳看起來沒什麼變。」

「是嗎……難不成你住在附近？」

「是啊，我們是鄰居。我老媽說的單親媽媽，原來就是妳？」

麻美不禁苦笑。這一帶是歷史悠久的聚落，她的經歷自然會成爲人們茶餘飯後的話題。娘家那一帶也一樣，母親很清楚町內大小事，就像親戚般熟悉。

「你現在從事哪一行？」麻美問道。

「我嗎？我是消防隊員。」

「眞的嗎？」

麻美頗爲驚訝，記得平松曾遭警察逮捕。

「如果是我記錯，很抱歉。可是，你似乎接受過輔導？」

她刻意用「輔導」的說法，平松放聲大笑。

「說逮捕也行啦。我和別人吵架，導致對方受傷，接受保護觀察。」

「然後，你現在當上消防隊員？」

聽到麻美的話，平松害羞地笑。

「嗯，就是洗心革面吧。」

「即使受過處罰，也能當公務員嗎？」

「那是高二的事，沒留下前科。我眞的覺得挺幸運。」

「是嗎……坐一下吧。」麻美指著玄關地板邊緣，又摸摸杏奈的頭說，「去洗手，再把書包和帽子收好。」

杏奈點點頭，跑進家裡。平松看著杏奈的背影，稱讚道：

「乖孩子。她今年四歲嗎？」

「對。我覺得你好厲害。」

麻美一說，平松立刻搖搖頭。

「沒那麼了不起啦。唔，這樣講有點奇怪，不過，算是託我老爸去世的福吧。」

麻美一臉疑惑，平松苦笑著解釋：

「我老爸是個凡事訴諸暴力的傢伙。他生病倒下後，以爲會老實一點，沒想到變本加厲，拿周圍的人出氣。我當時想，他簡直是超級混帳……」

像是在思考接下來該怎麼說，平松沉默片刻。

「該怎麼講，我忽然覺得，不想變成和他一樣。我要以我的方式，變得有出息——大概是這樣吧。」

「……到處都有爛人哪。」

「是啊。妳呢？娘家那邊怎麼了？」

「我離婚回去後，被趕出來。」

嗯，平松應一聲，環顧四周。

「妳買下這幢房子嗎？」

「怎麼可能，只是租的。因為是親戚，便宜租給我。」

聽到麻美的回答，平松一臉訝異。

「親戚？」

「對，我爸媽去拜託的。反正就是希望我不要回去。」

「好過分……」

「沒辦法，誰教我是闖禍精。」

「我不是這個意思。那親戚是明知妳要住，還租給妳吧？眞是太過分了。」

麻美皺起眉。

「什麼意思？」

「這幢房子有問題。」

麻美嚇一跳。

「之前有兩戶人家逃出去。上一任住戶說這裡『不乾淨』。再上一任住戶，發生意外，所以就搬走了。如果妳親戚是屋主，應該知道吧。一般人會把這種房子租給親戚嗎？」

麻美雙腿顫抖著站起。

「意外是發生在家裡嗎？」

「車庫。」

啊，麻美發出微弱的驚呼。

「很久以前，有個小孩死在裡面。」

——不是車子。

「那是個寒冷的冬天。母親爲了暖車開啟引擎，卻只留下孩子待在車裡就離開。因爲天氣冷，她回去家裡，又接到朋友電話，講著講著就忘記孩子了。」

平松露出心痛的神情。

「鐵捲門拉下來，那孩子被關在裡面，遭汽車廢氣悶死。」

——咳嗽聲。

麻美想起剛剛經歷的情景。拉下生鏽鐵捲門的老舊倉庫，上頭是歪斜沉重的瓦片屋頂，遭厚實的土牆包圍，被關在其中的孩童。

「只是回去家裡，那母親爲何要拉下鐵捲門？她和孩子一起生活，不知是離婚，或根本沒結婚。據說她會虐待孩子，所以有她可能是故意的傳聞。」

麻美搖搖頭。

「那鐵捲門壞掉了，有時會突然掉下來，就像剛剛那樣。」

「是嗎？那麼，應該就是意外。不過，那個母親眞的虐待了孩子。不是動手毆打之類，而是放著不管。」

「放棄育兒？」

「是這麼說嗎？總之，據傳她經常留下便利商店的飯糰，就出門玩得天昏地暗，根本不回家。」

「好過分……」

「發生意外的那天，附近的人聽到孩子的哭聲，還有敲打鐵捲門的聲響。孩子可能非常痛苦吧，一直嘗試打開鐵捲門到用盡力氣爲止，最後死在鐵捲門旁。」

「那道鐵捲門雖然會突然掉下來，但要拉上去得費極大的力氣。」

是嗎？平松點點頭：

「確實哪裡不太對勁。只要覺得孩子麻煩，那個母親就會把孩子關在車庫裡，妳的鄰居以爲發生相同的事。尤其是像今天這樣的夜晚，也難怪他們會擔心……」

平松繼續道：

「妳要小心一點。如果鐵捲門會突然掉下來，至少下面要放個磚頭。廢氣會沉積在下方，蹲下來要用力拉開門的時候更危險。」

麻美頷首，笑著說：

「在那之前，我會關掉引擎。」

「等妳察覺情況有異，再關引擎就太晚嘍。那時手腳往往已沒辦法用力。」

平松嚴肅叮囑後，再次害羞笑道：

「眞抱歉，這是職業病。」

「是啊——謝謝，我會小心。」

平松點點頭。

「假如能搬家，還是搬走比較好。」

坐在玄關地板邊緣的平松，雙肘拄在膝蓋上。

「剛剛我在車庫裡看到奇妙的東西。」

「所以，你才說『還有一個人』？」

平松盯著脫鞋處，點點頭。

「這裡有點危險。之前住戶發生嚴重的意外，突然開車從庭院衝出去……」平松朝斜對面努努下巴，「撞上那邊的圍牆，雖然保住性命，卻受重傷。」

「從庭院開車衝出去……」

「像是要逃走一樣。而且，以前這裡就經常發生意外，比方輾到自家孩子之類的。他們搬走後，有時會聽到孩童的哭聲。」

原來是這種房子嗎？麻美心想，雙親施捨般說「請對方特別便宜租給妳」，根本是有問題的房子。

——會不會爸媽不知道？

不可能，如同親戚的事一樣，他們十分清楚附近鄰居的事。更何況，這房子實際上是親戚的，他們不可能不曉得發生過意外。

「他們眞的把我當成麻煩的包袱……」

麻美喃喃自語，搖搖頭。

「可是，我沒錢，無法搬家。」

「這樣不要緊嗎？」

「我不知道。但沒辦法，我沒其他地方可去。」

「拜託社福相關的機構？」

「不需要。我有正式的工作，養得起我們母女。」

「可是……」

「我不打算接受別人的施恩。」

麻美不由得大聲起來，差點就要脫口而出「別管我」，但遷怒平松沒有任何意義。

平松直盯著麻美：

「是嗎？可是，妳連精神上都沒有餘裕了。」

聽到平松的話，麻美覺得體內湧起一股情緒，堵在喉頭。

「怎麼會有餘裕？我被生活壓得喘不過氣。」

杏奈、經濟壓力、看不見的未來、完全沒人伸出援手。

「要是不放鬆一點，小心妳會將氣出在孩子身上。」

「……或許吧。」

如果不放鬆，就會像那個害孩子死掉的母親，厭倦一切、丟下一切嗎？

麻美有時會想著「饒了我吧」，冒出拋下一切的念頭，就算只有短短一瞬間，我希望能變得輕鬆——或許，那個母親也是相同的想法。

所以……麻美恍然大悟。

所以那孩子才會出現嗎？一定是覺得麻美和母親很像。

爲了向殺害自己的母親報仇。

❖

麻美認爲，那孩子怨恨「母親」，於是將處境相似的麻美當成母親。

——可是，該怎麼辦？

得知發生過事故後，車庫就不能再用。這樣一來，只能將車子停在家門口，但那孩子會放棄嗎？

「你認識懂祓除的人嗎？」

隔天，麻美聯絡健吾表示有事商量，請他來家裡一趟。她將昨晚的遭遇和平松的話告訴健吾，健吾發出和平松相同的感想「好過分」。然而，麻美請健吾過來，不是要博取他的同情，也不是要向他吐苦水。麻美無法搬家。雖然似乎不用車庫就沒問題，但想到昨晚杏奈說有人叫她進去車庫，麻美便坐立難安。萬一又發生相同的情況怎麼辦？

她唯一想到的方法就是祓除。

「不過，我希望不是那種可疑的江湖術士，而是能夠信賴的人。」

「唔，所謂『能夠』的意思是……？」

這麼一問，麻美腦中也沒有任何答案。見她苦於詞窮，健吾繼續道：

「嗯，有客戶在我們修理發生車禍的車後，請我們找人來『處理』。如果和尚可以，我是找得到人啦。」

兩天後，健吾介紹的人前來。對方一身黑色袈裟，雖然禿頭，但年紀約三十歲，是個體格強壯的和尚。他自我介紹叫秦。

「麻煩你了。」

麻美低頭致意，然而，秦像是要打斷她的話，舉起一隻手說：

「我已了解妳的狀況。可是，我不適合處理這件事。」

咦？麻美愣愣盯著秦。

「若是無論如何都需要，我會進行供養，但無法確定是否有效。」

「呃，爲什麼？爲什麼不行？」

麻美認爲對方是唯一能幫助自己的人，聽到這番話，大受打擊。

「我只是普通的和尚，不是靈能者。」

「可是，聽說你曾爲出車禍的車子進行祓除。」

「如果有人委託，我就會這麼做。要是車子裡留下惡意或邪念，我會加以淨化。」

——怎麼會這樣？

難道想復仇的意志，不算惡意或邪念嗎？

「死去的孩子怨恨母親，確實稱不上惡意。要說哪一邊有惡意或邪念，應該是母親吧。所以，想向母親復仇，或許是當然的。不過，我並不是那孩子的母親，而且這和我女兒也沒有任何關係。」

秦像是要安撫麻美，微微一笑：

「我不是這個意思。若是有怨恨、痛苦，我當然會進行淨化——然而，那個死去的孩子，眞的怨恨著母親嗎？」

咦？麻美無言以對。

「但是……你沒聽說嗎？那孩子的母親似乎是放棄育兒，才會……」

「我知道。」

「那你應該懂吧？孩子被母親拋棄了。那個母親不是故意拉下鐵門、發動引擎，可是孩子無法理解母親的行動。被關在車庫裡，痛苦至極，向母親求救，她卻沒幫助自己——那孩子是這麼想的吧。」

秦微微偏著頭，望著遠處。

「由於這份工作，我接觸過許多家庭，聽聞各種狀況——其中自然有只能說是虐待的例子。每次碰上這種事，我就會納悶，明明可以怨恨的啊。」

麻美頓時愣住。

「我不懂你的意思……」

「這是在我聽聞的範圍之內。」秦以這句話為前提，繼續道：

「不可思議的是，遭受虐待的孩子幾乎都不會怨恨父母。當然，他們會對父母的行動感到不滿，但內心往往覺得是自己不好才會挨罵，無法回應父母期待的自己有錯。」

麻美嚇一跳，「無法回應父母期待的自己有錯」，這句話深深刺入她的胸口。

「在我看來，尤其是年幼的孩子，不論遭到何種殘酷的對待，對父母的孺慕依然勝過一切。因此，就算周遭的人責備父母，他們仍會站在父母那邊。即使想保護他們，孩子卻會撒謊隱瞞事實。一定年紀以下的孩童中，這類例子不少。」

「是這樣嗎……」

「在孩子心中，父母果然是無可取代的吧。或者，他們根本從未想像過父母也會有錯。雖然不清楚他們眞正的想法，但只要看到孩子拚命庇護父母，責備自己，我便覺得這一切眞是令人心痛的悲劇。明明能乾脆地怨恨父母、對父母生氣——只要他們願意捨棄父母，就能輕易得救。」

「孩子捨棄父母……」

約莫是察覺麻美的困惑，秦解釋道：

「對不起，說了這麼奇怪的話。不過，如果去世的孩子不怨恨母親，我是無法幫上忙的。」

「既然如此，爲什麼……」

那孩子爲什麼會出現在麻美面前？爲什麼會出現在之前住戶的眼前？

「或許那孩子只是感到很痛苦，想向人求救。」

不無可能，麻美心想。那孩子喊了好幾次「媽媽」，恐怕到現在都還等著母親來救他。

雖然之前的住戶發生車禍，不過，聽起來可能只是要逃離那孩子，才會撞上圍牆。

如果是這樣，那孩子打一開始就沒任何惡意。

「可是，我沒辦法幫助他。」

沒有幫助他的方法。

「我該怎麼做？前幾天，那孩子呼喚我女兒，大概是想求救，但萬一發生意外……」

「雖然想建議妳搬家，但若能輕易搬家，妳也不會找我過來。不要使用車庫——假使這樣仍舊不安，拆掉車庫是最確實的方法。」

麻美陷入沉默，拆掉車庫也需要一筆錢。

秦將名片遞給麻美，又說：

「恐怕這不是能簡單決定的事，萬一有狀況，請和我聯絡。無論如何都希望我進行祓除，我會再過來。要拆掉車庫，或是要搬家，我都可以介紹能幫上忙的業者。」

語畢，秦在車庫裡爲死去的孩子念誦經文。麻美想將謝禮交給秦時，秦說這是供養可憐的孩子，所以沒收下。

送走秦後，麻美想到，必須去接杏奈回家。麻美今天將杏奈寄放在健吾家。

麻美拿起鑰匙打算開車時，想起一件事。她走出家裡，注意左右來車，穿越馬路。

走一小段路後，找到掛著「平松」門牌的人家。那是一棟老舊農宅風格的建築物，和麻美家一樣，沒有區分內外的大門。

她戰戰兢兢走進去，環顧四周。房子旁有一座很大的倉庫，平松在裡頭替摩托車打蠟。

「哦，妳來啦。」

「前幾天眞的很謝謝你。」

麻美踏進似乎也當成倉庫用的車庫。

「我猜想，你有時候應該會住這裡。」

「昨天晚上我住這裡，怎麼了？」

「嗯……」

麻美欲言又止。

「平松，你提過令尊會動手打人吧？」

平松默默點頭。

「你恨父親嗎？」

「當然。」

什麼啊，果然還是會怨恨嘛。麻美暗暗想著。

「我雖然想說，他憑什麼一臉了不起地動手打人——但是，我從來沒還手。」

麻美盯著平松，平松露出苦笑。

「明明在外面，我是以一言不合就動手出名的，不知爲何，我不曾反抗他。儘管會在心裡罵他『混帳老頭』，實際上也罵過他。」

「是嗎……都是這樣的吧。」

聽到麻美的話，平松說：

「妳也是吧。」

「我？」

「妳爸媽也一樣啊。」平松又說：

「不是只有動手打人才叫過分。」

前往健吾家的路上，麻美平心靜氣思考著關於父母，和至今爲止發生的事。得知原因出在車庫後，她對於用車就不再感到不安，該說是好事嗎？這麼一想，車子只會在要開出來時，才會有問題。一旦發動，駛離車庫後，就沒發生過故障。

健吾家在工廠後面，麻美依著長久以來的習慣，直接透過客廳窗戶打招呼。健吾立刻出來。

「結果如何？」

麻美向健吾簡單說明狀況。

「是嗎……麻美姊，對不起，沒幫上忙。」

「你不需要道歉啦。」

「可是……」

「不提這個，你認爲拆掉車庫大概要多少錢？」麻美問道。

「應該不少。要處理拆掉後的瓦礫，最近費用變得很高——而且，那是租的房子，不能說拆就拆吧？」

「不行嗎？」

「一般是不行，該說是違約嗎？恐怕會違反租屋契約。」

「因爲算是親戚，我們沒簽約。」

「不是沒簽約就沒問題。如果眞的要拆，還是跟房東談一下，獲得許可比較妥當。萬一對方生氣，把妳趕出去，豈不是麻煩？」

說的也是，麻美含糊以對。

要拆掉車庫，還是搬家？麻美在秦離開後，盯著存摺思忖半晌。如果拆除費用和搬家的初期費用差不多，拆掉比較好。託房租便宜的福，就算麻美薪水不高，也存下一小筆錢。

正當她沉思之際，傳來粗啞的一聲，「要不要嫁給我們家健吾啊？」那是健吾的父親。健吾的雙親開心地逗著杏奈，彷彿杏奈是自己的孫子。

麻美露出微笑，望向瞪著父親的健吾說：

「我和親戚商量看看。」

雖然這麼說，但一打電話告訴親戚想拆掉車庫，立刻遭到拒絕。對方表示，隨便麻美怎麼整修，不過，要拆掉就得蓋個新的。

——可是，這裡明明出過意外。

麻美硬是吞下話，萬一對方惱羞成怒把她趕出去就麻煩了。

想到最後，她下定決心聯絡秦，問他有沒有可便宜幫忙施工的業者。

「有的。」

秦回覆道：

「我請認識的人過去估價吧。搞不好不需要進行拆除這類大工程，就能解決困擾。」

「眞的嗎？」

沒實際看過，現在什麼都不能保證，秦向麻美道歉，接著說他會向對方解釋狀況，再請對方過去。

隔天傍晚，秦介紹的業者來訪。麻美下班去接杏奈，回到家一看，發現一名年輕男人站在庭院裡，抬頭望著車庫。

「是尾端先生嗎？」

是，男人這麼回答後，向麻美低頭致意。麻美讓杏奈下車，推著她的背，催促她先進屋。然後，麻美指著車庫告訴尾端：

「就是那一棟。」

「我能進去看一下嗎？」

請便，麻美說，「呃，很抱歉，我不想進去……」

沒關係，尾端親切應道。接著，他耗費一番工夫，才拉起鐵捲門。

「歪得很嚴重呢——聽說會突然掉下來？」

「是的。」

尾端將鐵捲門上上下下、又搖又拉一陣後，踏進車庫。半晌，他走了出來。

「這座車庫蓋得十分堅固。土牆上雖然有些損傷，不過建築物本身沒問題。」

建築物本身，是嗎？麻美在心裡這麼說。

「拆掉重蓋新車庫的費用很高嗎？只要最簡單的樣式就行，像是附屋頂之類的。」

麻美一問，尾端歪了歪頭。

「我認爲沒必要拆除。」

「不……我知道建築物沒問題，重點不是這個……」

「秦告訴我了。」

尾端點點頭。

那麼，秦「說明」的，不僅僅是麻美的經濟狀況嗎？

「我只要把車子停在外面就行……」

「不過仍會感到不安吧？我能理解。這種心情和是不是眞的發生事故沒有關係。」

麻美鬆一口氣。

「是的，因為家裡有小孩。」

尾端頷首。

「家本來應該是守護自己、包容自己的場所，不該有問題的。」

「所以，我想拆掉車庫求個安心。」

「秦也這麼說。他認為，那個去世的孩子純粹是想求救。他很痛苦，又害怕這個封閉的狀態——既然如此，我們想辦法讓他出去，您覺得呢？」

麻美愣一下。

「出去？」

「不需要等待母親的拯救，只要他能出去，就能以自己的力量拯救自己。」

尾端回頭望向車庫。

「我認為拆掉鐵捲門比較好，因為很危險。」

麻美點頭同意。

「抱歉，要處理拆掉的鐵捲門，必須收取一些費用。」

「啊……好。」

「拆掉後裝上格子門，好嗎？左右兩邊都有牆壁，可以在兩側做開口。只要開著門，車子便能順利出入。而且，格子門有採光通風的功用，能夠緩和被關在裡面的感覺。」

麻美再次望向鐵捲門。拆掉鐵捲門裝上格子門，這樣一來，看得見車庫內外的狀況，空氣流通，聲音也能傳進去——想到這裡，麻美內心一片平靜。

「這樣似乎不錯。」

「至於門鎖，就像玄關一樣，可從外面上鎖。裡面則設計成花點工夫便能打開。這樣一來，萬一妳女兒不小心被關在裡面，也不用擔憂。」

嗯，麻美頷首。

「關於所需的木頭和格子門，如果不介意外觀，我可以去找廢棄的材料。考慮到晚上，至少有個燈比較好。因爲車庫裡沒有電，需要進行牽電線的工程。不過，現在有以小型太陽能板發電的作法，我想這麼處理更簡單。而且，ＬＥＤ燈已足夠明亮。」

「有電燈就太好了。」

「再來是人工費用。一天就能完工，所以我跟您收一天的錢。」

尾端試算一個大概的價錢。那個價錢連麻美想像的十分之一都不到。

「眞的這樣就行嗎？」

「這是正當的價錢。」

尾端露出笑容。

「經過這番整修，那孩子就會消失嗎？」

不知道……尾端歪了歪頭。

「說不定他不會消失。可是，等工程結束，他就不需要擔心鐵捲門又掉下來，被關在一片漆黑中，車子應該也不會那麼常出狀況。」

正是如此——麻美心想，然而，那張白皙臉孔再次浮現腦海。若是能夠，她再也不想看到那張臉，再也不想聽到那麼痛苦的呼喊。

可是，麻美無法坦率告訴如此為她的經濟能力著想的尾端。煩惱著該怎麼表達時，尾端繼續道：

「我認為，那個去世的孩子不打算傷害任何人。至今為止，也沒發生過那類事情。」

「這麼說也是……」

「倘若沒有造成實際傷害，那麼靠著意志力也能夠無視他吧。」

這麼一提，麻美想起拚命安撫自己的情形。當時，她以為是車子有問題，不過問題不在車子。不是只要開車就會出問題。如果是在車庫裡的短短一瞬間，她應該能忍耐。

或者……尾端微微一笑：

「不妨跟他說說話。告訴他已經沒事了，可以出去嘍。」

麻美嚇一跳。耳邊再度響起被關在車庫那一晚聽到的虛弱呼喚，她不禁心生哀憐。好可憐，你一定很痛苦。

麻美用力點點頭。

「我會這麼做，謝謝你。」

尾端和麻美商量好施工日期便離開。工程花了一天的時間，在那之後，麻美就將車停回車庫。她只告訴女兒，即使聽到有人叫她或覺得哪裡奇怪，也絕對不能靠近發動的車子。

幾天後，麻美加班結束，開車回到家。她將車子停好，和杏奈一起走出車庫，在黑暗中步向上鎖的家裡。此時，早該熄滅的車庫燈亮起。

尾端替麻美裝的車庫燈是感應式的，會自動感應人車的動作亮起，並在一定時間後熄滅。麻美和杏奈都已離開車庫，裡頭空無一人。

麻美盯著車庫門，聽到微弱的「喀噠」一聲。她沒看到任何人影，只瞧見格子門稍稍打開，恰恰可容一個孩童穿過。

杏奈嚇一跳，抬頭望著麻美。

「門自己打開了。」

麻美用力握緊女兒的手。

「對啊，打開了。」

麻美將杏奈留在原地，走向車庫，再次關上格子門。

……沒事了，到外面來，自己拯救自己吧。

之後，車庫沒再發生任何怪事。

恠18／營繕師異譚

原著書名／営繕かるかや怪異譚
原出版者／KADOKAWA
作　　者／小野不由美
翻　　譯／張筱森
特約編輯／陳亭妤
責任編輯／張麗嫻
編輯總監／劉麗眞
總 經 理／陳逸瑛
榮譽社長／詹宏志
發 行 人／凃玉雲
出 版 社／獨步文化
城邦文化事業股份有限公司
104台北市中山區民生東路二段141號5樓
電話：(02) 2500-7696　傳眞：(02) 2500-1967
發　　行／英屬蓋曼群島商家庭傳媒股份有限公司
城邦分公司
104 台北市中山區民生東路二段141號2樓
網址／www.cite.com.tw
讀者服務專線／(02) 2500-7718；2500-7719
服務時間／週一至週五：09：30～12：00　13：30～17：00
24小時傳眞服務／(02) 2500-1900；2500-1991
讀者服務信箱E-mail／service@readingclub.com.tw
劃撥帳號／19863813
戶名／書虫股份有限公司
香港發行所／城邦（香港）出版集團有限公司
香港灣仔駱克道193號1樓東超商業中心
電話／(852) 2508-6231　傳眞／(852) 2578-9337
E-mail／hkcite@biznetvigator.com
馬新發行所／城邦（馬新）出版集團
Cite (M) Sdn Bhd
41, Jalan Radin Anum, Bandar Baru Sri Petaling,
57000 Kuala Lumpur, Malaysia.
Tel: (603) 90578822
Fax:(603) 90576622
email:cite@cite.com.my
封面插圖／CLEA
封面設計／鄭婷之
排　　版／陳瑜安
印　　刷／中原造像股份有限公司
●2016（民105）8月初版
●2021（民110）12月二版
售價320元

ISBN 978-6267-0730-1-8
978-6267-0730-3-2（EPUB）

國家圖書館出版品預行編目資料

營繕師異譚／小野不由美著；張筱森譯．－二版．－臺北市：獨步文化, 城邦文化事業股份有限公司出版：英屬蓋曼群島商家庭傳媒股份有限公司城邦分公司發行，民110.12
面；　公分.--（恠；18）
譯自：営繕かるかや怪異譚
ISBN 978-6267-0730-1-8
861.57　　110017367